지금 당장 글 잘 쓰기

시간여행 글쓰기 02

지금 당장

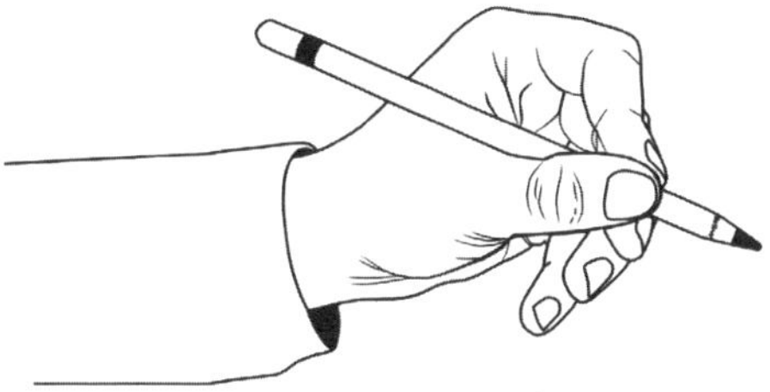

글 잘 쓰기

Right Now Write Better

메리 카이트 맥키

조성일 옮김

시간여행

지금 당장 글 잘 쓰기

1판 1쇄 발행 | 2018년 6월 23일

지은이 | 메리 카이트 맥키
옮긴이 | 조성일
펴낸이 | 김경배
펴낸곳 | 시간여행
본문 디자인 | 디자인 연;우]

등 록 | 제313-210-125호(2010년 4월 28일)
주 소 | 서울 마포구 토정로 222, 한국출판콘텐츠센터 419호 시간여행
전 화 | 070-4032-3664
이메일 | sigan_pub@naver.com

종 이 | 엔페이퍼
인 쇄 | 한영문화사

ISBN 979-11-85346-82-3 (03800)

이 도서의 국립중앙도서관 출판예정도서목록(CIP)은 서지정보유통지원시스템 홈페이지(http://seoji.nl.go.kr)와 국가자료공동목록시스템(http://www.nl.go.kr/kolisnet)에서 이용하실 수 있습니다.(CIP제어번호: CIP2018018163)

결단력을 보여주고 품위를 지키기 위해 늘 노력하는
애니 로즈에게 이 책을 바친다.

이 책을 쓰는 일이 고독한 여정이 될 거로 생각했었다. 하지만 그렇지 않았다. 남편 루Lou에게 감사한다. 떠오르는 생각들을 얘기하면 언제나 열심히 들어주었던 그는 여행할 때도 혼자서 아침을 보내야 했다. 그래서 나는 이 책을 쓸 수 있었다. 컴퓨터가 다운되지 않도록 항상 관심을 쏟아준 아들 자크Jacques, 이 책에 대한 믿음을 갖고 있었던 며느리 한Hanh, 수준 있는 사진을 제공한 사위 존John, 늘 기분을 북돋워 준 딸 애니 로즈Annie Rose에게 감사하다.

글쓰기 모임인 편집위원회의 로즈마리 오슬러Rosemarie Ostler, 디애나 매더 라센Deanna Mather Larsen, 켈리 오브라이언Kelly O'Brien, 그리고 소피아 맥도널드 베넷Sophia McDonald Bennett에게 감사하다. 편집위원회의 매주 만남의 장소인 유진Eugene의 쓰나미북스Tsunami books 주인장 스콧 랜필드Scott Landfield도 감사하다. 캐슬린 브렌젤

Kathleen Brenzel, 랜디 도팅아Randy Dotinga, 닉 버나드Nick Bernard, 그리고 제임스 바게트James Baggett 등 인터뷰에 응하거나 자신의 스토리를 활용하도록 허락해준 모든 분께 감사하다.

에이전트인 CSG 라이브러리 파트너스의 스티브 해리스Steve Harris와 많은 도움을 준 커리어 프레스Career Press의 편집자들에게 감사하다. 끝으로, 수년에 걸쳐 나와 함께한 학생들에게 감사하다. 나는 학생들에게 배웠던 것의 반만이라도 학생들을 가르칠 수 있었으면 한다.

2018. 06

지은이 메리 카이트 맥키

독자의 관심사는 다양할 수밖에 없지만, 글쓰기 분야는 남녀노소를 가리지 않는 것 같다. 그만큼 우리 사회에 자신을 표현하고 싶은 열망이 강하다는 방증일 터이다. 해서 사람들은 자신의 글쓰기 능력을 향상하기 위해 다양한 글쓰기 책을 찾아서 본다.

그런데 글쓰기에 과연 비법이란 게 있을까? 어떤 일이든 손쉽게 할 수 있는 비법 같은 것은 존재하기 마련이다. 그런 점에서 글쓰기도 예외는 아니라고 본다. 하지만 글쓰기는 여느 범주의 상황과 같은 접근을 하는 것은 다소 무리가 있을 듯싶다. 내 경험에 의하면 글쓰기를 잘하려면 열심히 반복해서 쓰는 것이 비법이라는 생각을 지울 수 없기 때문이다.

글쓰기에 대한 이런 선입관을 가진 내가 글쓰기 방법에 관해 다룬 책인 메리 카이트 맥키의 《지금 당장 글 잘 쓰기원제: Right Now

Write Better》을 번역하겠다고 나선 것은 글쓰기 '비법'을 가르쳐주는 책을 번역하는 형용모순의 상황을 연출한 게 아닌가 싶다.

하지만 이 책은 대부분의 글쓰기 책이 표방하는 글을 '잘' 쓰는 비법을 가르쳐주는 책이 아니다. 지금 당장 이메일을 써야 하는데, 보고서를 써야 하는데, 블로그를 써야 하는데…어찌할 바 몰라 하는 사람들이 곧바로 적용이 가능한 팁을 담고 있다.

이 책은 제목 그대로 글쓰기의 처음부터 끝까지를 큰 그림으로 탐험할 수 있도록 진행하고 있어 글쓰기 입문자가 지금 당장 써야 할 글쓰기를 위한 지침서이다. 또한, 머리말의 제목처럼 이래저래 글을 쓰긴 쓰는데 자신감이 없어 고민하는 글쓴이에게 자신감을 불어넣어 주는 책이다.

이런 미덕을 가진 이 책에서 나는 맨 마지막 장에 나오는 '글쓰기 모임을 만들라'는 저자의 제안을 매우 인상 깊게 받아들였다. 오랜 글쓰기 경험과 코칭의 기법에서 비롯된 것이기도 하거니와, 글은 혼자 쓰는 것보다 누군가의 지적(비평)을 받아가면서 쓰는 게 훨씬 잘 는다는 생각이 들어서다. 작가들의 회상기를 보면, 합평 시간에 혹독한 비평에 영혼마저 너덜너덜해졌던 경험이 지금의 글쓰기에 큰 밑거름이 됐다고 하지 않던가. 바로 다른 사람의 객관적 비판은 나의 글쓰기 향상에 결정적인 역할을 한다는 것은 보편적 상식이다. 다만 중요한 것은 알고는 있는데 실천하지 않으면 아무 의미가 없다.

이 책을 번역하면서 나는 생각을 글로 풀어놓는 행위 자체는 동서양이 다르지 않다는 것을 느꼈다. 물론 사례나 비유가 우리의 것과 달라 번역하는 과정에서 애를 먹긴 했지만, 이 작업은 나의 글쓰기에 대해서도 뒤돌아보는 기회가 되었다.

2018. 06

옮긴이 조성일

자신 없는 글쓰기에 자신감을 주고 싶다

나는 다양한 분야의 전문가들이 모인 단체에서 글쓰기 방법을 가르친 적이 있다. 참가자들에게 이 워크숍에 참가한 목적을 물어봤다. 대답은 "글쓰기 향상을 위한 팁을 원한다"라는 일반적인 것에서부터 "스토리의 어느 부분이 가장 중요한지를 말하는 법을 알고 싶다"라는 특별한 것에 이르기까지 다양했다.

그런데 한 여성 참가자에게 특별히 마음이 쓰였다. 고상한 청색 맞춤 치마를 입은 그녀는 머릿결뿐만 아니라 매니큐어 등 모든 면에서 눈길을 끌었다. "경력을 쌓기 위해 정말 글을 많이 써야 한다"는 그녀는 "글쓰기가 싫다"라고 했다.

나는 그녀에게 특별히 어떤 부분이 가장 싫은지를 물었다. 그녀는 아이디어를 단어로 나타내는 모든 과정을 부담스러워했다. 미처 예상하지 못했던, 계획하지 않았던 일과 맞닥뜨린 것처럼 보였다. 하지만 그녀는 능력이 있었다. 다만 준비가 좀 필요할 뿐이다. 그녀는 자리에 앉은 채 꼼짝 못 하고 있었다. 조금 상기된 그녀는 "언론 대학 학위 따윈 아무짝에도 쓸모없어요!"라고 했다.

그렇다. 그녀의 말마따나 우리 대부분에게는 학위가 쓸모없다.

6시간의 워크숍이 끝나자, 그녀는, 우리가 바랐던, 글쓰기를 덜 고통스럽게 하는 몇 가지 깨달음을 얻고서 떠났다. 그러고 나서 나는 그녀가 한 말을 곰곰이 생각했다.

글을 잘 쓰기 위해서는 학위는 필요 없다. 기본적인 수단과 방법이 필요할 뿐이다.

《지금 당장 글 잘 쓰기》에서 나는 오리건대 저널리즘 및 커뮤니케이션 스쿨에서 14년 동안 가르쳤던 개념을 공유한다. 이 책을 읽는 것은 저널리즘 학위 논문을 읽는 것이 아니다. 하지만 이 책에는 글쓰기 심화반 학생들이 배웠던 실용적인 전략이 들어있다. 성공을 위한 방법이 여기 있다.

출세하고 싶다면 글쓰기를 해야 한다. 이 책은 글쓰기에 고민하는 모든 사람을 위한 것이다.

여러분은 글쓰기 문제를 갖고 있고, 나는 그 문제에 대한 답을 갖고 있다. 그 둘을 조화시키면 어떻게 될까.

여러분이 이 책을 폈다면, 아마도 스스로 작가가 아니라고 생각하거나, 훈련받지 않은 글쓴이 이거나, 열심히 노력하다가 손을 놓은 우유부단한 성격의 소유자일 것이다. 다시 말해, '자신감 없는 글쓴이reluctant writer'이다.

자신감 없는 글쓴이는 이 책을 발판으로 삼아 업무나 열정적인 프로젝트, 글쓰기 기술이 필요한 일을 향상시킬 수 있다. 블로그 포스트, 프레젠테이션, 웹 콘텐츠, 보도자료, 연설문, 중요한 이메일을 써야 한다면, 이 책의 단계별 매뉴얼이 도움을 줄 것이다.

다음은 이 책의 활용 요령이다.

① 시간이 많지 않을 경우

서점에는 두껍고, 중요하고, 대단한 글쓰기 책들이 말 그대로 지천이다. 그런데 지금 당장 글쓰기를 향상시켜야 한다면, 특히 일을 처리하는데 시간이 넉넉하지 않다면, 어떻게 해야 할까? 우선 이 책을 보라.

② 실용적인 충고가 필요한 경우

《지금 당장 글 잘 쓰기》는 어떤 형태의 글쓰기에도 적용이 가능한 명료한 프로세스를 제공한다. 3부로 구성된 생각하라THINK, 1~3장, 구성하라STRUCTURE, 4~7장, 편집하라EDIT, 8~11장는 글쓰기를 자연스럽게 향상시킨다. 그리고 보너스인 12장에서는 편집 모임을 만들어 보다 나은 글쓰기를 할 수 있는 지름길을 경험하게 한다.

③ 특별한 해법이 필요한 경우

이 책의 각 장은 일반적인 글쓰기 문제를 제기한 다음 어려움에 대한 특별한 해법을 제공한다. 각 장의 말미에는 반복되는 문제에 관하여 연습 문제로 마무리한다.

《지금 당장 글 잘 쓰기》는 글쓰기의 처음부터 끝까지를 큰 그림으로 탐험할 수 있도록 진행한다. 순서대로 배우는 성향이라면, 이 책을 처음부터 끝까지 읽는 것이 좋다. 하지만 꼭 그럴 필요는 없다.

많은 사람이 큰 그림을 원하거나 필요로 하지 않는다. 해서, 이 책을 필요한 부분만 읽어도 된다.《지금 당장 글 잘 쓰기》의 각 장은 특별한 글쓰기 문제에 초점이 맞춰져 있다. 읽어가다 다른 문제에 봉착하면, 거기에 필요한 수단을 찾기 위해 책을 건너뛴다. 알아서 다음 단계로 넘어가라.

특정한 글쓰기 문제로 분투하고 있다면, 도서의 내용상 뒤로 돌아가 보라. 문제의 원인이 뒤의 단계에 있을 수 있다.

나는 이 아이디어를 퓰리처상 수상 편집자이자《작가의 코치와 스토리 기술the writer's coach and storycraft》의 저자인 잭 하트Jack Hart에게 들었다. 아주 심오하고 단순한 논리다.

가령, 쓴 글을 편집해야 하는 골치 아픈 시간이라고 해보자. 무엇을 남기고 무엇을 잘라내야 할지 알 수 없다. 그렇다면 글의 구성에 대해 다룬 이전 장으로 되돌아가 보라. 이미 사용한 구성을 명확하게 해주는 정보와 연습 문제를 활용해보라. 그러고 나서 편집하면 맞지 않는 것을 훨씬 쉽게 알 수 있다.

또 글을 어떻게 시작해야 하는지 결정하지 못하는 것과 같은 문제가 있다고 해보자. 한 자리에서 계속해서 맴돌 필요는 없다. 생각하기 과정을 다룬 앞 단계로 되돌아가 보라. 누굴 위해 이걸 쓰고 있는지, 요점이 뭔지, 내가 풀 수 있는 문제인지와 같은 근본적인 물음을 다시 점검할 수 있다. 이 물음에 대한 답이 글쓰기 시작에 도움을 준다.

여러분은 어떤 스타일로 배우는가? 이 책은 필요한 정보를 뽑아내는 다양한 방법을 제공한다. 직설적인 충고를 좋아한다면, 요령how-to을 다룬 부분을 읽는다. 예로 배우려면, 선택할 것이 많다. 그리고 이야기 전개를 좋아한다면, 진짜 글쓰기 문제에 걸려 넘어진 사람에 관한 이야기 속으로 들어가면 된다.

그러나 늘 그렇듯 글쓰기에 관한 읽기가 충분하지 않다. 하지만 나는 쓰기 연습 문제로 여러분을 북돋아 줄 것이다. 쓰기 연습 문제는 최대한 짧고, 날카롭고, 그리고 유용하다. 모두가 여러분에게 필요한 것은 아니지만, 어떤 것이 파수꾼인지 찾아보도록 노력했다.

어떤 방법을 택하든 오늘은 글쓰기가 보다 만족스럽고 덜 귀찮아지면서 소폭일지라도 발걸음을 내딛게 될 것이다. 이 책의 목적은 자신감 없는 글쓴이에게 자신감을 찾아주는 것이다. 도전에 맞설 용기와 확신으로 시작한다면 지금 당장, 당신은 글을 더 잘 쓸 수 있다.

차례

제2부 구조 - STRUCTURE

4장. 스토리 아크를 올라가라

5장. 픽션의 주인공 여정에서 구조를 빌려라

6장. 작업을 완성해주는 12개의 구조

7장. 퍼스널 에세이 구조를 사용하라

제3부 편집하라

8장. 긴 관점 편집으로 아이디어를 일렬로 맞추어라

9장. 명료함과 동력을 만드는 데 도움 되는 4가지 전술

제 1 부

생각하라
THINK

"글쓰기는 어렵고 건강에 나쁘다."

E. B. 화이트White●가 경험을 압축적으로 표현한 이 말을 많은 사람이 공감할 것이다. 그렇지만 나는 글쓰기가 어렵다고 생각하지 않는다. 글쓰기는 곧 생각하기이기 때문이다. 그런데 이와 같은 숨은 의미를 간과하기란 쉽다. 많은 사람이 작가는 글쓰기 위해 자리에 앉기만 하면 글이 뇌에서 마구 쏟아져 나온다고 생각한다. 뇌는 작가 머리 위에서 빛을 발하는 전구라고 생각한다.

그런데 그런 일이 우리에게 일어나지 않는다면? 아마도 우리는 글쓰기에 정말 젬병이라고 단정한다. 그런데도 우리는 단어들을 마구 써댄다. 무슨 이유이든 글을 써야만 하기 때문이다. 결과는 늘 그저 그렇거나 아니면 논점을 잃어 별로다. 설상가상으로 우리

● 1899년~1985년, 미국 동화작가-

는 그 글을 좋게 만들 줄도 모른다. 그래서 우리는 늘 고통스럽다.

천재가 좋은 글을 쓰는 것은 아니다. 우리는 위대한 글쓰기를 지향하지 않는다. 우리는 글쓰기 과정을 더 부드럽게 해주는 '생각하기 단계'에 대해 배운 적이 없다.

좋다. 제가 여러분이 싫어할 일에 여러 가지 단계를 추가하고 있다는 사실을 안다. 더 많은 작업이 요구되는 방법처럼 보일지도 모른다. 그러나 이 수단은 속도를 더 내게 한다. 글쓰기에서 거슬리는 것이 눈에 띄기 전에 미리 문제를 해결해주기 때문이다.

글쓰기에 관한 생각하기에는 자연스러운 생각하기와 노력이 필요한 생각하기가 있다. 자연스러운 생각하기가 생각하는 시간의 95%를 차지한다. 이미 알고 있고, 지금도 하고 있고, 결정을 내릴 때 사용하는 생각하기이다. 이 방법은 아주 쉽다.

그러면 나머지 5%는? 여기에는 정말로 집중하는 노력이 필요하다. 바로 노력이 필요한 생각하기이다. 내가 보기에 노력이 필요한 생각하기는 주어진 시간 안에서 아주 짧게 이루어져야 한다. 특별한 순간을 위한 것인 만큼 하던 일을 멈추고 전력을 다해서 해야 한다. 이러한 노력이 영원히 지속할 수 없다는 사실을 안다면 누구라도 이 어려운 일을 감당할 수 있다. 글을 쓰는 동안 몇 가지 점에서 잠깐씩 시도한다면, 나머지 시간은 긴장을 풀고 순항할 수 있다.

노력이 필요한 생각하기를 언제 해야 하는지 알면, 자연스러운 글쓰기 방법을 인식하는 데 도움이 된다. 베테랑 글쓰기 코치이자

《내 방식대로 글쓰기》의 저자인 돈 프라이Don Fry는 두 가지 유형을 제시했다. 미리 기획하는 유형과 무모하게 덤비는 유형. 여기에 나는 세 번째 유형을 추가하겠다. 이 두 가지를 혼합한 유형이다.

미리 기획하여 글을 쓰는 사람은 대개 글쓰기를 시작하기에 앞서 대략적인 구성이나 간단한 윤곽을 만들곤 한다. 이 기획은 글이 가고자 하는 방향을 알려준다. 이런 종류의 조직화는 짧은 글에도 좋지만, 길거나 복잡한 프로젝트에는 더욱 좋다. 미리 기획하는 스타일이라면, 초안 작성을 시작하기에 앞서 총력을 기울여 생각하기를 할 수 있다.

무모하게 덤비는 유형은 자기 생각을 찾기 위해 실제로 써봐야 하는 사람이다. 이 유형은 에세이, 내러티브, 오피니언 꼭지 그리고 심지어 이메일처럼 짧은 글에서 잘 작동한다. 단, 절대 자동으로 '보내기' 단추를 누르지는 마라. 곧바로 글쓰기에 뛰어들면 때때로 시간이 더 걸릴 수도 있지만, 몹시 나쁜 것만은 아니다. 나는 종종 절벽에서 뛰어내리면 떨어지면서 어떻게 해야 하는지를 알게 된다고 주장한다. 그러나 먼저 글쓰기 바다에 무모하게 뛰어들었다 해도 초안을 다 쓰면 결국 바다에서 빠져나와 몸을 말리고, 중요하고 무거운 정신적 짐을 짊어지게 된다.

아마 여러분은 두 가지를 혼합한 유형일 것이다. 개략적인 아이디어로 계획을 세우고 나서 곧바로 글쓰기로 빠진다. 그런 다음 쓴 글이 쓰고 싶다고 생각했던 것과 닮았는지 살펴본다. 이런 접근은 모든 종류의 글쓰기에서 일어난다. 혼합형은 아이디어와 초안을 비교할 때마다 중간 지점에서 치밀하게 생각하기를 한다.

생각하기가 명료하면 할수록 아이디어를 글로 쓰기는 쉽다. 1장에서 '누가, 무엇을, 어떻게'라는 세 가지 질문에 답하면서 글쓰기를 시작한다. 2장은 빠른 생각하기를 위한 일급비밀인 모방하기로 안내한다. 3장은 초점을 빠르게 찾는 데 도움이 되는 케이블카문장 쓰는 법을 보여준다.

제1부 '생각하라THINK'는 질문 시스템, 팁, 참조, 연습 문제를 통해 최소한의 고뇌를 하며 생각하는 방법을 안내한다.

1장

인물 문제 약속에 대한 세 가지 질문에 답하라

글쓰기를 한다는 것은 당황스러운 일이다. 머릿속에 있는 것과 글로 써야 하는 것 사이에는 차이가 있다. 글을 쓰려는 순간 아무것도 떠오르지 않아 머릿속이 하얗게 되었던 경험이 있을 것이다. 손가락은 미친 듯이 움직이지만, 머리는 다른 생각을 하고 있다.

그렇다면 준비하자. 쓰기를 잠시 멈추고, 몇 가지 질문을 던져 보자. 대답이 거칠고 엉망이어도 상관없다. 질문은 머릿속의 아이디어를 현실에서 구체화하는 첫 단계이다. 생각은 실제 질문들을 반죽하고, 숙성하고, 자르고, 그리고 도우 빵처럼 형태화하는 유일한 장소이다. 세 가지의 주요 질문과 몇 가지 가벼운 질문에 답하다 보면 진행은 순조롭게 이어질 것이다.

빠르게 생각하기는 새로운 글을 쓸 때마다 시작하기 첫 단계에서 활용할 수 있다. 이 장에는 또 두 개의 팁이 있다. 어조의 스케일

조정하기에서는 사적인 관계에서 공적인 관계까지 읽는 이에게 어떻게 접근할 것인지를 결정하게 한다. 그리고 나의 WIIFM은 무엇인가? 는 읽는 이와 얼마나 강하게 연결되었는지 판단하는 데 도움을 준다. 리뷰에서 생각 가볍게 던지기는 다큐멘터리 작가 켈리 오브라이언Kelly O'Brien을 특별히 다룬다.

1. 누구와 상관이 있는가?

① 사람에 초점 맞추기

지금 당장, 무엇을 써야 한다는 것을 잊어버려라. 아이디어나 임무도 잊어버려라. 안도감이 생길 것이다. 대신 지금 고려해야 할, 더 쉽고 구체적인 뭔가를 살펴보자.

이 글이 누구에게 필요한지 자문해보자. 대답은 늘 분명하다. 가령, 고객을 위한 블로그 게시판에 글을 써야 한다거나, 업무에서 팀을 위한 프로젝트 제안서나, 대학 입학을 위하여 자기소개서나 구인자에게 보낼 자기소개서를 쓰고자 한다.

이 글을 보아야 하는 사람을 상상할 수 있다면, 읽을 사람의 이름을 적는다. 대상이 없는 글쓰기를 하는 것 보다 쓰기가 구체화 될 수 있다. 읽을 사람이 누구인지에 따라 궁극적으로 잘 알 수도 있고, 전혀 모를 수도 있다. 그룹 이름을 써야 한다면, 이들을 대표할 수 있는 한 사람의 이름을 쓰는 것이 좋다. 여럿보다 마음속으로 그리는 한 사람을 명기하라. 그의 이름을 모른다면, 좋아하는 한 사람을 만들어라.

그 사람과 인간관계를 생각해 보자. 상사, 소셜 미디어 팔로어, 동료, 그렇지 않으면 직접 관계를 맺어야 하는 사람일 수 있다. 간혹 관계자 이름을 쓸 수 없을 수도 있다. 그가 누군지를 완전히 잊어버렸다면, 이야기를 나누고 싶은 친한 누군가를 상상해보라. 이왕지사 거칠거나 정의롭지 않은 사람은 상상하지 않길 바란다.

이 일은 회사 제품을 팔 때 여러 마케팅 분야에서 해야 할 일이다. 가상의 소비자를 만든다. 상상 속 인물에게 시에나Sienna라는 이름과 가상의 회사인 인바이러웍스EnviroWorks의 고객 서비스 매니저 직책을 준다. 그리고 시에나가 제품을 어떻게 사용하는지 상상한다. 시에나에게 개인적인 성격도 부여한다. 시에나는 트위터 계정과 문제를 다루는 방법을 가지고 있다. 그것을 "월드 빌딩"이라 부른다. 그렇게 상세한 것이 필요하지 않는다 해도 읽는 이에게 이름을 부여할 수 없을 때도 이 기술을 빌리면 된다.

읽을 사람의 이름과 인간관계를 들여다보면서 글의 적당한 어조를 맞춘다. 이러한 문제를 먼저 결정하면, 역시 다음 두 개의 질문에 답하는 데 도움이 된다.

[팁] 어조의 범위 조정하기

대화할 때 우리는 상대에 따라 자동으로 어조를 맞춘다. 형제, 상사, 다섯 살 난 조카, 술 친구들과 얘기를 나눌 때 방법이 다 다르다. 사실 글을 쓸 때도 마찬가지다. 다만 매번 이를 분류하지 않을 뿐이다. 그래서 읽는 이와의 관계를 알면, 독자에게 맞는 어조로 글을 쓸 힘이 생긴다.

그렇게 하려면 글쓰기 어조에 따라 조정한다고 생각해 보자. 한편으로는 공식적이거나 학술적인 것이 있고, 다른 한편으로는 지름길, 축약, 대화체 사투리가 있다.

- 공식적인 어투: 건널목을 건널 때는 반드시 규칙을 지켜야 한다.
- 비공식적 어투: 이봐, 건널목으로 건너.

공식	비공식
학술적	구어체적
비 개인적	개인적
심각한	재미있는
상세한	단순한
통제된	얽매이지 않은

글을 읽을 사람에게 이름을 붙여주고, 읽을 사람과의 관계를 설정함으로써 어조에 맞춰서 글을 쓸 수 있다. 어조를 확인하면 어떻게 쓸 것인지에 관해 많이 알게 된다. 어조는 단어 선택, 동사, 문장의 길이, 그리고 온갖 별스러운 디테일에 영향을 준다. 어조를 발견한

다는 것은 글쓴이의 독특한 표현 양태에 힘을 돋우는 것을 말하는데, 글쓰기를 시작조차 하지 못했어도 그렇다.

가령, 짧은 문장과 특별한 동사를 사용한 간단명료한 어조로 상사의 기억을 상기시킨다고 해보자.

"정오 미팅은 웹 빌딩에서 있습니다. 논의 주제는 도로 보수의 법적 책임에 관한 것입니다. 10분 동안 질의응답이 이어질 예정입니다."

읽는 이들이 쿠키 레시피를 이해할 수 있도록 설명하려면 친절하고 확신에 차고 권위있고 디테일한 어조로 해야 한다.

"이 단순한 설탕 타르트 레시피는 아주 얇은 쿠키를 만들기 위한 것입니다. 하지만 타르트도 아니고 설탕도 아닙니다. 파이 반죽을 가능한 작게 만드십시오."

아니면 블로그 독자의 방문을 유도하기 위해 마음 따뜻한 평상어를 사용한다.

"내 블로그는 지구촌 곳곳의 환경과 동물에 관한 최신 뉴스를 제공해요. 팔로우하고 동물의 왕국에 관한 여러분의 이야기를 공유해 주세요."

▶▶▶

2. 어려움이 무엇인가?

우리의 글은 대부분 읽는 이의 문제 해결에 관한 것이다. 문제는 단순한 것에서부터 복잡한 것에 이르기까지 전체에 걸쳐 있을 수 있다. 예를 들어보자.

- 단순한 문제 – 이 사람은 회의 계획을 알 필요가 있다.
- 복잡한 문제 – 이 사람은 협약을 바꾸도록 당국을 설득하기 위해 병원 통계 정보가 필요하다.

어쨌든 여러분은 쓰기를 통해 읽는 이의 문제를 해결한다.

더 많은 월드 빌딩을 세울 수 있는 곳이 있다. 그 단계로 들어가기 위해 감정적 상상력을 발휘해 보자. 읽는 이가 직면하고 있는 어려움에 관한 자세한 사항을 써보자. 세부사항을 추가하면 할수록 초점을 개선할 기회가 더 많아진다. 그리고 앞으로의 글쓰기 작업을 더 쉽게 만든다.

간혹 문제는 읽는 이에게 정보가 부족하다는 점이다. 필요한 것을 구체화해보라. 정보를 공급한다. 때때로 그것이 문제 확인에 도움을 주는데, 그러면 그것에 관한 궁금증을 질문해 보는 것도 방법이다. 가령, 알파카alpaca 사육에 관심 있는 사람을 겨냥한 농사에 관한 보도자료를 쓴다고 해보자.

읽는 이는 털을 얻기 위해 알파카를 기를 때 고려해야 할 점이 무엇인지 모른다.

문제를 파악하기 위해 질문을 작성할 수 있다.

"사료가 문제인가? 알파카를 기르는 토양의 종류가 차이를 만드는가? 혈통이 털의 품질에 영향을 주는가? 날씨는 털에 영향을 미치는가?"

질문의 답을 알고 있다면, 혹은 알고 있는 사람에게 물을 수 있다면, 글 쓰는데 필요한 정보를 얻을 수 있다.

또 다른 예를 보자. 여러분이 일하고 있는 비영리단체에서 이사회 임원진 개편이 있었다. 책임을 맡았던 지도자는 떠났다. 향후 활동계획을 만드는 방법에 관해 유임된 이사회 구성원들에게 프레젠테이션하라는 임무가 떨어졌다.

여러분은 우선 이사회의 문제가 무엇인지 알아야 한다. 이사회가 결정권을 갖고 있었지만, 사임한 지도자가 모든 결정을 하도록 위임했다는 점이 밝혀졌다. 그래서 문제는?

"이사회 위원은 어떤 역할을 해야 하는지 알지 못한다."

이제 다음 질문을 조사한다.

"우리 이사회는 어떤 형태인가? 합법적인 요구 사항은 무엇인가? 구체적인 임무는 무엇인가?"

초안을 작성하기도 전에 프레젠테이션이 모양을 갖춘다.

불만이나 요구 사항에 대하여 작성하면, 문제는 읽는 이가 아니라 여러분에게 있음이 드러난다. 공급이 이루어지지 않았다. 그러나 읽는 이의 입장에서 다시 생각해 보자. 아마 읽는 이는 공급 부족 현상에 대해 알지 못한다. 혹은 읽는 이가 안다고 해도, 공급품을 위해 회사가 백방으로 찾아보고 있다는 사실은 여전히 모른다. 글을 명료하게 쓰면 문제점을 그 안에서 찾을 수 있다.

때때로 글을 쓰기는 하는데, 문제는 없어 보인다. 가령, 대학 지원 에세이를 읽는 입학사정관에게는 어떤 문제가 있을까? 입학사정관을 상상하면서 시작해보자. 입학사정관을 엘시아 페레즈Althea Perez라 부르자. 사무실에 앉아 있는 그녀가 보이는가? 그녀 앞의 서류 더미가 높다. 온종일 그녀는 학생들이 쓴 에세이를 읽는다. 그녀의 문제는 무엇인가? 잠재력이 있는 학생을 찾아야 한다. 지원 에세이는 그녀가 판단할 수 있는 유일한 방법의 하나다. 그리고 그녀는 많은 양의 형편없는 에세이를 읽는다. 그녀는 무엇을 필요로 하는가? 엘시아는 '예'라고 쉽게 말할 수 있는 에세이를 찾고 있다. 그녀는 관심이 가는 대학진학 준비가 되어있는, 확신을 갖게하는 학생을 좋아한다.

일단 그녀의 어려운 처지를 안다면, 어떻게 해야 하는지 더 분명해진다. 기이하게도, 개인 에세이를 쓰고 있을지라도, 과제는 글쓴이에 관한 것은 점점 줄어들고, 쓰기에 집중할 수 있는 문제 해결에 관한 것이 더 많아진다.

3. 나의 글이 이 문제를 어떻게 해결할까?

할리우드 조명Hollywood Lights●, 아래에서 이 질문에 대한 답을 그려보자. 이것은 글을 쓴 이와 읽는 이 사이의 중요한 연결이다. 읽는 이의 문제 해결이 바로 사고 프로세스의 핵심이다.

● 조명을 충분히 매달아 놓고 필요에 따라 하나씩 꺼가면서 촬영하는 기법

애초의 글쓰기 아이디어나 과제로 돌아가 보자. 아이디어를 읽는 이 문제와 맞히기 위해서는, 해결책이 없는 읽는 이에게 무엇을 해줄 것인가? 를 자문해보라.

결과론적으로 생각하면, 여러분은 읽을 이를 확신하고 있다. 앞의 알파카 예에서 보듯, 예비농부는 의사 결정에 필요한 정보를 얻는다. 그것은 약속이다. 그렇지 않으면 두 번째 예에서, 프레젠테이션은 프레젠테이션에 참석한 후 보다 효과적으로 기능할 것이라는 점을 이사회 위원들에게 확신시킨다. 더딘 공급업체를 위해 명확한 문제 제기는 어떻게든 결과를 얻게 한다. 만약 대학 입학사정관이 산뜻하게 시작하는 지원 에세이를 펼칠 기회가 있다면, 좋은 에세이를 읽을 가능성이 있으므로 마음에 드는 신입생을 선발 할 수 있다.

단어의 바다에서 허우적거리는 읽는 이를 데리고 조용한 항구에 정박하는 듯한 문제 해결 방법을 생각해 보라. 약속은 읽는 이를 유도하는 등대가 된다. 읽는 이는 필요한 지점을 표시한다. 그들은 곧장 여러분을 향해 돌진한다. 그리고 여러분이 하는 말을 치열하게 고민한다.

만약 해결책이 없는 읽는 이에게 무엇을 해줄 것인가? 라는 질문에 쉽게 답을 할 수 없다면, 돌아가서 문제를 들여다보라.

그것으로 충분하지 않을 수도 있다. 문제에 더 집중할 필요가 있다. 분명한 한 가지 방법은 이메일 제목에서 어떻게 딜레마를 없앨 것인지 생각하는 것이다. 비록 이메일을 쓰지 않는다 하더라도 눈에 확 띄는 대담한 방식으로 문제를 해결하면, 글을 쓸 때 무엇을 넣을지, 무엇을 빼야 하는지 알 수 있다.

문제 단계로 돌아가서 보면 해결해야 할 어려움이 하나 이상임을 발견할 수도 있다. 이 경우, 가장 중요한 사항을 결정해야 한다. 글을 쓰면서 또 다른 문제와 그에 따른 약속이 더 중요해 보인다는 것을 알게 된다면, 언제든 되돌아가서 강조사항을 바꿀 수 있다.

대부분의 약속은 다음 세 가지 중 최소한 한 가지는 담고 있어야 한다. 읽는 이는, 지식 또는 정보를 얻는다. 엔터테인먼트로서 글쓰기를 즐긴다. 설득당하거나 행동으로 옮긴다.

소비자 잡지에 혜택 유형들이 실려 있다. 종종 세 가지 유형이 모두 한꺼번에 제공되기도 한다. 가령, "월가의 늑대 사냥꾼들"이라는 〈뉴욕타임스〉 기사에서 미셸 루이스Michael Lewis는 주식 거래자들이 초단기매매로 속임수 쓰는 것을 폭로했다. 약속은 세 가지 혜택을 제공하는 흥미진진한 것이다.

초단기매매에 대한 내부자의 지식을 얻게 될 것이고(정보), 아무것도 알지 못하는 충격적인 세상으로 데려갈 것이고(엔터테인먼트), 그리고 모든 것을 더 투명하게 할 수 있도록 법을 바꾸려는 바람을 갖고 떠날 것이다(행동).

이것들이 어떻게 작동하는지 몇 가지 예를 통해 확인해 보자.

① 비영리단체의 기부 요청서

비행 청소년을 위한 요리학교 프로필은 한 참가자가 자신의 삶을 돌아보고 푸드 트럭을 여는 것을 보여준다.

- 사람:비영리 기부자

- 문제: 기부자는 자신의 기부금이 어떻게 쓰이는지 모른다.
- 약속: 이 매력적인 이야기(엔터테인먼트)에서 기여가 얼마나 중요한지(정보), 그리고 다시 실천할 수 있도록 동기를 부여하는지(행동)를 알게 된다.

② 식품 공급업자의 거래 소식지

최신 앱을 사용한 7가지 비용 절감 지름길에 대한 리뷰

- 사람: 식품 공급업자
- 문제: 식품공급업자는 빈틈이 없는 수수료 구조여서 비용을 절약해야 한다.
- 약속: 이것을 읽으면 이익을 창출할 수 있다(정보).

③ 상황보고서

조사 결과에 대한 분석은 다음과 같다.

- 사람: 상사
- 문제: 회사는 고객의 구매 습관 변화에 직면하고 있다.
- 약속: 이것(정보)을 읽고 데이터에 기반을 둔 정책의 변화를 꾀한다(행동).

하지만 두 명 이상의 사람들에게 동시에 말해야 한다면, 각자가 가지고 있는 각기 다른 요구 사항은 어떻게 해야 할까? 혼란이나 초점이 흐린 것을 피하려고 각각의 사람을 위해 사람/문제/약속을 사용해보라. 일단 그것이 명확하다면, 필요한 모든 것과 맞닥뜨리도록 하는 글쓰기 구성법을 알 수 있다.

가령, 프로젝트에 대한 간단한 이메일을 두 사람에게 보내는 프

로그램 관리자라고 해보자. 큰 그림 업데이트가 필요한 감독관 셰릴Cheryl과 특정 업무를 맡아서 진행해야 할 부서의 조수인 션Sean에게 이메일을 쓰고 있다. 쓰기 전에 문제를 해결하는 사람을 분류하면 업무가 더욱 빨라지고 글쓰기가 보다 예리해진다.

> 안녕, 셰릴과 션.
>
> 웹 이송 프로젝트는 6월 14일부터 시작할 것입니다. 우리의 목표는 새로운 사이트가 8월 말까지 작동할 수 있게 해야 합니다. 셰릴, 당신은 진행 상황이나 장애물에 대한 업데이트 사항을 매주 받게 될 것입니다. 션, 이 프로젝트를 시작하기 위해 제발 다음 사항을 명심하세요.
>
> - 계획 검토를 위한 모든 관계자 회의를 다음 주 초로 잡으세요.
> - 현 사이트 지도를 완성하세요.
> - 공급업체의 가격 옵션을 확인하세요.
>
> 고맙습니다.

생각은 문제 해결 전환에 익숙해지면서 "아이디어가 읽는 이 문제를 어떻게 해결할까?"라는 질문에 곧바로 답할 수 있어야 한다. 대답은 짧고 구체적일수록 좋다. 그렇지 않으면 이전 단계로 돌아가서 이 사람이 누구이며 필요한 것이 무엇인지를 조사해 보라.

④ 먼저 생각하고, 나중에 쓰기

글쓰기에서 생각하기는 가장 과소평가된 부분이다. 시간을 들이 더라도 이 수단에 익숙해지면 글쓰기 작업의 기초는 해결된 셈이다. 특이사항에 대해 먼저 정의를 내려놓으면, 전체 글쓰기 작업을 진행하기가 더욱 쉬워진다.

[팁] WIIFM는 무엇인가?

읽는 이 요구에 초점을 맞춘 글쓰기가 확실하게 해주는 또 다른 방법은 글에 WIIFM 등급을 매기는 것이다.

WIIFM(내게 무슨 이익이 된다고?)는 모든 읽는 이가 알기를 원하는 질문의 머리글자이다(What's in it for me?)

글쓰기 프로젝트가 너무 짧고 명료할 때는 이 질문을 건너뛰어도 된다. 그러나 쓰기가 복잡하거나, 아이디어가 명확하지 않거나, 생각하는 또 다른 방법을 원하면 WIIFM 등급을 높음, 중간, 낮음을 매겨보라.

① 높은 WIIFM

아이디어가 읽는 이의 요구와 가깝게 일치하면, 높은 WIIFM이다. 예를 들어보자.

- 난초 소식지를 위한 기사-난초 마니아에게 식물의 건강 유지법에 대한 전문가 정보를 제공한다.
- 상사에게 보내는 보고서-소규모 비즈니스가 추가로 100건의 서비스 계약을 체결했음을 보여주고, 그것들이 어디서 왔

는지를 파악한다.

- Allaboutbirds.com의 블로그 게시물-코카틸앵무새를 기르는 사람들에게 죽음이 임박한 새의 5가지 징후와 그에 대한 조치를 알려준다.

② 낮은 WIIFM

아이디어와 읽는 이의 요구 사이에 거리가 있다면, 아마도 낮은 WIIFM에 매겨질 것이다. 예를 들어보자.

- 고객 선호에 관한 정보 메모-제품 번호를 대신 입력한다.
- 연간 보고서-제도적 효율성에 대한 측정기준이 필요하지만, 기관의 역사를 포함했다.
- 강 복원에 관한 과거 기부자들에게 보내는 편지-기부자들이 기부금의 실제 활용을 보지 못하는 복잡한 세부사항을 다룬다.

만약 강력한 WIIFM를 찾았다면, 훌륭하다! 새로운 주제로 넘어가라! 그러나 WIIFM이 낮다고 생각되면, 읽는 이의 문제를 어떻게 규정했는지를 확인해보라. "아이디어가 읽는 이의 문제를 어떻게 해결할까?"를 다시 생각해 보라.

WIIFM을 높이기 위해서는 아이디어를 재구성해야 할 수도 있다. 더 많은 정보를 제공함으로써 선명하게 할 수 있다. 간혹 너무 요구에만 집중하다 보면 관계없는 정보에 치중할 수도 있다. WIIFM이 높으면 높을수록 커뮤니케이션은 더욱더 강해진다.

▶▶▶

[쓰기 연습] 빠르게 생각하기 (시간: 최대 5분)

이 책의 연습 문제는 글쓰기 업무에 직면한 사람은 언제든지 활용할 수 있다. 신속한 답변과 최소한의 노력을 하도록 도움 주기 위해 시간을 제한했다. 초 단위로 잴 수 있는 타이머를 준비하라. 얼마나 오래 자유형 글쓰기를 하는지 측정한다.

시간을 잰 쓰기는 어려운 생각하기를 더욱 쉽게 만든다. 자유형 글쓰기를 위해 타이머를 작동시켜 놓고 시작하되, 타이머가 멈출 때까지 멈추지 않는다. 단 한 순간도 멈추지 않는다. 질문에 답하려고 노력하되, 판단하지 마라. 떠오르는 단어들은 죄다 써라. 스쳐 지나가는 단어를 붙잡아야 한다. 문법 규칙도 없다. 완전한 문장일 필요가 없다. 입력하거나 손으로 쓴다. 때로는 이 방법들을 혼용하는 것도 재미있다. 늘 타이핑한다면 손으로 써보라. 아이디어가 어떻게 실행되느냐에 따라 다르게 나타날 수 있다. 도출되는 요점은 무엇이든지 내버려 둬라. 짜증이 날 수 있다. 그래도 계속하라. 지루해질 것이 뻔하지만 다른 단어로 이동하라.

① 1단계

세 가지 질문에 답하라.

- 사람: 누구를 위한 것인가? (15초) 정확한 세부사항을 모른다면, 추측해보라.
- 문제: 읽는 이의 문제는 무엇인가? (45초) 가능한 한 구체화하라. 시간이 있다면 세부사항을 더 많이 추가하라.

• 약속: 좋은 아이디어가 문제를 어떻게 풀까? (30초)

약속이 무엇인지를 이해하라. 시간 안에 할 수 있을 만큼 많은 어법을 찾아라.

② 2단계

리뷰하라. 끝내면 혼자이든, 여럿이든 쓴 것을 읽어보라. 가장 중요하다고 생각되는 단어나 구절을 골라보라.

이 질문에 대한 답을 찾고, 앞으로 나아가면서 질문을 활용할 수 있다. 그러고 나서 WIIFM의 순위를 매겨보라. 순위가 높으면 넘어가고, 낮으면 구체화될 때까지 연습을 반복하라.

▶▶▶

4. 생각 뒤집기

다큐멘터리 작가 켈리 오브라이언Kelly O'Brien은 읽는 이가 어떻게 문제를 해결하는지에 초점을 맞추는 방법을 이렇게 말한다.

"내 일은 개발자 언어를 일상 언어로 번역하는 것이다."

이 말은 켈리가 다양한 고객들인 소프트웨어나 웹 개발사에 자신의 프리랜서 작업을 설명하는 것이다. 이타카 대학Ithaca College에서 저널리즘을 공부한 켈리는 고객 사이트나 제품에 대한 기술정보를 보다 광범위하게 접속할 수 있는 사용자 매뉴얼로 전환한다.

활기찬 일이다. 노스 림North Rim•에 모인 개발자들과 남쪽에서 기다리는 사용자들이 함께 그랜드 캐넌과 같은 협곡을 그려보라. 다큐멘터리 작가는 개발자가 작성한 기능과 사용자가 필요로 하는 혜택을 연결하여 해당 간격을 가로지르는 다리를 만든다.

"개발자들은 제품이 어떻게 작동하는지에 대해 흥분한다. 그들은 명쾌한 해결책이 있는, 자신이 만든 모든 것에 대해 안다. 그러나 사용자는 어떻게 작동하는지 궁금하지 않다. 그들은 일을 끝내는 데 도움이 된다면 그것으로 만족한다"

켈리는 협곡 사용자로서 다리 건설을 시작했다. 그녀는 훌륭한 특징에 관해 쓰는 대신 자신이 사용자가 된다.

"나는 어떻게 작동하는지 알기 위해 공구를 갖고 논다. 만약 기대하는 바를 얻지 못하면, 정말로 무슨 일이 일어나는지 깨달을 때까지 깊이 파고든다."

그녀는 더 많은 정보가 필요하면 개발자들에게 간다.

"스토리텔링에 대한 나의 이야기 전개 감각은 개발자 커뮤니케이션의 모호한 영역을 좁히는 데 도움이 된다. 제품이 어떻게 작동하는지 일관된 이야기를 해보려고 노력하는 것은 허점들을 더 쉽게 볼 수 있게 한다."

비록 주제가 제품이라 할지라도 그녀는 생각을 뒤집고, 사용자가 겪을지도 모를 문제에 초점을 맞춘다. 가상의 사용자만이 아니다. "그녀는 이름이 도리스●인 진짜 사람이다."라고 켈리는 말한다.

● 미국 그랜드 캐넌 공원에 흐르는 강 북쪽을 일컬음
● 애플의 자회사인 클라리스가 1984년에 만든 데이터베이스 개발 도구

몇 년 전 켈리는 대학연구센터에서 도리스와 함께 일했다. 도리스는 관계형 데이터베이스 프로그램인 파일메이커Filmmaker를 사용하고 있었다.

"하지만 그녀는 일관되게 사용하지 않았다. 일을 더 쉽게 처리하기 위해, 그리고 기록을 좀 더 일관되게 처리하기 위해, 나는 그녀를 위한 공통 과제의 단계를 문서화했다"라고 켈리는 지적한다.

이제 켈리는 새 다큐멘터리 프로젝트를 선택할 때마다 도리스를 대상층으로 본다.

"나는 그녀가 좌절하게 될 곳을 상상한다. 복잡한 곳이면, 어조를 좀 더 친숙하게 만들고, 단계를 매우 간단하고 명확하게 유지할 것이다. 쉬운 부분에서 설명을 줄이고 그녀를 그냥 지나칠 것이다."

그리고 결국, 모든 역발상은 쉽게 사용될 수 있는 제품으로 귀결된다.

"나는 썩 직관적이지 않은 도구를 묘사하는 직관적인 콘텐츠를 만드는 것을 좋아한다. 모든 꼭지가 필요한 곳으로 오는 루빅큐브Rubik's Cube●에 글을 쓰고 있다."

● 작은 여러 개의 정육면체가 모여 만들어진 하나의 큰 정육면체 형태의 퍼즐

2장

먼저 모방하고 나중에 창작하라

수년에 걸쳐 나는 많은 자신감 없는 글쓴이에게 스스로 "형편없는 글쓴이"라고 여기는 것을 달라지게 하겠다고 약속했다. 그들은 자신이 쓴 글이 지저분하고, 불명확하며, 조직화 되지 않았다는 것을 안다. 그런데도 그들은 어떤 해결책도 알지 못한다. 그들 중 많은 사람은 요리책을 보며 음식을 만들고, 뜨개질 패턴을 따라 하고, 단계별 운전 지침을 사용하여 낯선 도시를 탐색한다. 만약 그들이 글쓰기 레시피를 가지고 있다면, 마찬가지로 그 비결을 따라 할 것이다. 바로 모방하는 것이다.

이 장에서는 모방이 다른 작가의 관점에서 어떻게 형식을 해체하는지 보게 될 것이다. 일단 패턴을 찾으면, 자신의 공식, 구조 및 비결을 만들 수 있다. 이것은 쓰기를 더 쉽게 해주는 지름길이다.

팁에서는 자신을 스스로 마음속 모방하기 프레임에 넣어보았다.

참조에서는 모방 작업에 필요한 질문들을 망라했다. 또한, 연습 문제에서 해체하기는 글쓰기 패턴을 파악하는 데 도움 준다. 마지막으로 리뷰에서는 존재하지 않은 사람이 어떻게 한 초보 글쓴이에게 요령을 가르쳤는지 설명한다.

1. 모방하는 이유

우리 문화에서 모방은 나쁜 책망을 듣는다. 초등학교 저학년이 "선생님, 재가 제 것을 베꼈어요!"라고 고함치는 순간부터 모든 사람은 모방이 매우 나쁜 짓이라는 걸 안다. 우리 사회는 파생물이 아닌 고유한 가치를 존중한다.

그러나 모든 것은 무엇을 어떻게 모방하는가에 달려 있다. 시험 문제에 대한 답을 훔치거나 다른 사람의 말을 표절하라는 것은 아니다. 해체에 관한 이야기를 하고 싶어서 이 얘기를 했다.

기본 아이디어는 이렇다. 좋아하거나 필요에 맞는 작품을 찾아 줄 별로 구분한다. 그 글들이 어떻게 작용하는지 파악한다. 멋을 부린 이메일이든, 상세한 보고서든, 또는 유익한 소식지든 간에 글을 이해하면 형태를 따를 수 있다. 패턴을 알아낸 다음에 자신만의 아이디어와 주제를 연결한다.

박물관에서 이리저리 왔다 갔다 하면서 그림을 보았다면, 아마 실제로는 복사본을 보았을 것이다. 미술 교육에서 학생들이 이젤을 펴고 명작을 모방하면서 배우는 것이 전통적인 훈련법이다. 그렇다면 쓰기는 왜 같은 방법을 사용하지 않는 걸까?

① **예시글 찾기**

첫 번째 단계는 모방할 글쓰기 모델을 찾는 것이다. 업무에 관한 글을 쓴다면, 예시는 동료들이 작성한 글이 좋다. 회사 내에 참고할 만한 예시가 없다면, 칭찬하고 감탄한 글이나 모방하고 싶은 글을 찾아 더 먼 곳으로 가보라.

간혹 사용할 예시가 밀도가 높고 정보로 가득 차 있을 수 있다. 이것에 낙담하지 마라. 복잡함은 죄가 아니다. 학문적이거나 심오한 이론 세계를 다룬 세밀한 글도 분리할 수 있다. 천천히 문장을 분석해보라. 문장에 실려 있는 정보가 무엇인지를 정확하게 알아차리면 다음 문장으로 이동하라. 모든 작가는 형태를 보인다. 패턴이 무엇인지 알아내는 것은 여러분의 일이다.

예시가 세상에서 가장 완벽한 글은 아니다. 관심을 끄는 것이 무엇인지에 초점을 맞추어보자. 여러분과 관련있는 글을 찾자. 의견을 드러내는 글에 대해 충분히 알지 못한다 해도 직감으로 느낄 수 있다. 다른 사람에게 추천해달라고 부탁할 수도 있다. 좋아하지 않는 글을 추천하더라도 상관하지 말자. 특정 종류의 글을 왜 좋아하는지 발견하는 것도 좋은 일이다.

다음 단계는 그 글이 왜 흥미로운지를 파악하는 것이다. 문제를 해결할 수 있는가? 여러분의 일, 또는 다른 사람의 일을 더 쉽게 만드는가? 매혹적이거나 유용한 사실들이 가득한가? 이 질문에 대한 답은 쓰기를 향상하는 단서가 된다.

[팁] 판단 구하기

자신감 없는 글쓴이가 모방 글을 탐구하면서 정말로 불편함을 느낄지도 모른다. 무엇이 좋은지를 어떻게 알까? 그러나 읽기만 해도, 실제로 매일 글을 쓰고 있어야 한다. 그리고 관심 끄는 것과 그렇지 않은 것을 알아차림으로써 자신만의 관점을 개발할 수 있다.

우선 써야 할 글의 종류에 초점을 맞추지 말자. 단순히 호소하는 바가 무엇이고, 왜 매력적인지에 초점을 맞추려고 노력해야 한다. 그래픽 노블●인가? 잡지 기사인가? 소셜 미디어가 야단법석인가?

가능하면 메모하라. 사흘 동안 요구하는 바를 무엇이든 적어 보자. 무엇이 여러분을 끌어당기는가? 왜 그럴까? 그리고 반대로, 몹시 따분하게 하는 것은 무엇인가? 무엇을 무시하는가? 사흘 후, 자신만의 선호 패턴을 볼 수 있다. 무엇을 좋아하고 왜 좋아하는지 살펴봄으로써 자신의 분별력 있는 판단을 믿게 된다.

▶▶▶

● 만화 형태로 된 소설

2. 체제 찾기

여러분이 가진 예시가 어떻게 구성되었는지 살펴보자. 다음은 글을 나누고 체크 표시를 하는 5단계이다.

① 오프닝

글을 어떻게 시작하는가? 가장 좋은 시작은 글쓰기의 종류에 상관없이 뒤따르게 될 내용을 읽는 이에게 알려준다. 이메일이라면 제목이 무엇을 닮았는지? 무엇에 관한 것이 분명한지? 또는 보고서라면, 업무를 어떻게 완수할 것인지, 읽는 이가 알도록 하는 일련의 설득력 있는 사실로 글을 시작하는지? 아마도 그것은 포괄적으로 진술하거나 독선적인 관점을 제공한다. 프로필일 경우, 글의 방향을 암시하는 인용문으로 시작한다.

다음은 사업 개요에 대한 설득력 있는 오프닝이다.

'아이러니하게도 새로운 브래지어를 선보인 직후 나는 유방암 진단을 받았고, 양쪽 유방 절제 수술을 받았다.'

시련을 무릅쓰고 사업이 어떻게 시작했는지, 지금 기업주의 건강 상태가 어떠한지 읽는 이가 알게 하는 서술이다.

사업 개요를 모방 중이라면, 읽는 이를 낚아 이야기에 집중하도록 하는 글쓴이의 말을 요약 인용하면서 시작한다. 건강과는 관련이 없지만, 독자의 관심을 끄는 다른 도전 과제이다. 인용할 것이 있는지 노트를 찾아본다. 없다면 필요한 인용을 얻을 수 있는 질문을 한다.

② 주제, 부제, 소제목

제목, 부제 및 소제목은 읽는 이가 모든 단어를 읽지 않고 건너뛸 수 있게 해준다. 바쁜 사람에게 유용하다. 이 세 가지는 또한 읽는 이를 끌어들이는 진입점 역할을 한다. 거의 모든 글에는 제목이 있다. 혹시 모르므로 모방 글이 글을 절로 나누는 부제(제목 다음에 오는 단어들)나 소제목(짧은 구절이나 문장)이 있는지 점검해보라. 이것이 있다면 세 가지 모두가 어떻게 정보를 전달하는지 살펴보라. 그것들이 얼마나 자주 나타날까? 블로그 게시물에서 모든 짧은 부분은 소제목을 가질 수 있다. 직장생활에 대한 블로그 게시물의 실패 사례를 살펴보겠다.

- 제목 | 좋아하는 직업 찾기를 위해 알아야 할 4가지.
- 부제 | 열정을 찾는 것이 사람들이 생각하는 전부가 아니다.
  여러분의 것을 추구하기에 앞서 알아야 할 것이 있다.
- 소제목 | 열정은 발견되는 것이 아니라 만들어지는 것이다.
  행동하라(생각을 멈추라).
  생활방식 문제에 초점을 맞추어라.
  열정은 바꿀 수 있다.

만약 다른 주제로 이 예를 모방한다면, 글의 제목은 숫자 기사라는 걸 알게 한다. 부제는 가정했던 아이디어를 전복시킨다. 또한, 두 문장을 사용한다. 그리고 네 개의 소제목은 읽는 이가 취할 구체적인 단계에 대한 정보를 제공한다. 따를 수 있는 패턴이다.

③ 단락

모방 글이 어떻게 단락을 짓는지 주목해보자. 긴지, 아니면 짧은지? 한 문장으로 된 단락이 있는지? 이메일 단락은 하나의 칸 안에서 쉽게 읽을 수 있어서 몇 개의 문장으로 되는 경향이 있다. 블로그 게시물은 또한 기기의 가독성을 참작하여 짧은 단락을 선호한다. 다른 글은 각 단락에서 좀 더 많은 문장, 아마도 6~8개까지 사용한다.

그 글에 얼마나 많은 단락이 들어있는지? 짧은 단락은 수를 세는 것은 간단하겠지만, 길면 한 페이지를 보고 얼마나 많은 단락이 있는지 세어본다.

이 장의 "성공을 위한 모방" 이야기를 살펴보라. 이 글에는 13개의 단락이 있다. 길이가 다르지만, 처음 세 단락은 평균 길이가 각각 5문장이다. 다음 여덟 단락은 아주 짧다. 결국, 단출한 두 문장으로 된 단락도 아무런 문제 없이 글을 만든다.

일반적인 형식을 사용하면, 다른 주제에 대한 에세이를 쓸 수 있다. 대략 같은 수의 단락을 넣을 수 있다. 예시와 조화시키기 위해 단어 수를 다양한 문장으로 구성할 수 있다. 이야기를 쓰면서 단락을 짧게 할 수 있다. 생각을 위해 이 패턴을 사용하는 것은 기계적이지만 잘 작동한다.

④ 푯말 문장

글쓰기에서 단락은 읽는 이를 올바른 방향으로 향하게 하는 푯말과 같은 문장으로 시작한다.(10장에서 푯말 문장에 대해 자세히 살펴본다) 느슨한 글 스타일에서 때로는 푯말이 단락의 아래쪽에 나타나기도 한다. 전통적인 방법은 아니지만, 커뮤니케이션이 명확하면 효과가 있다. 이런 방법을 모방해도 좋다.

퐃말이 어떻게 작동하는지 간단히 훑어보자.

글쓰기 예시에서 작품을 훑어보고, 퐃말 문장만 읽는다. 글이 어디로 향하고 있는지 알 수 있을까?

공용 공간에 관한 블로그 게시물의 여섯 단락의 첫 번째 문장이라고 상상해보자.

- "호빗 홀에 오신 것을 환영합니다."라고 그녀는 말했다. 시간, 일 또는 월별로 임대할 수 있는 공용 사무 공간을 갖춘 건물에 대한 설명이 이어진다.
- 함께 사용하는 공용 공간은 월별 임대가 점점 인기를 얻고 있다. 이 단락에서는 프리랜서 및 창업 초기 회사 직원이 주요 사용자라는 점뿐만 아니라 경향과 이점에 관해 설명한다.
- 하지만 그것이 공용 공간이 평가받는 전부인가? 이제 글은 가정적인 질문을 던진다. 글쓴이는 전통적인 작업 공간이 실제 생산성이 더 크다는 반론을 제기한다.
- 그런데도 모든 퐃말은 공용 공간이 언제든 절대 사라지지 않을 것이라는 점을 지적한다. 여기에서의 관찰은 미국 전역에서 더 많은 공용 공간을 창출하기 위한 투자 및 개발 확대에 초점을 맞추고 있다.
- 이와 같은 호빗 홀을 찾아라. 마지막 단락은 공용 공간이 미국의 기업 문화를 변화시킬 수밖에 없음을 시사하는 아이디

어를 강조한다.

작성한 퐛말 문장을 똑같이 쓸 수 있다. 경향을 묘사한 다음, 동향에 대해 가정해보고, 뒤집어서 생각해 보고, 관찰하는 방법에 대한 주의사항으로 끝낸다. 퐛말을 사용하여 생각의 윤곽을 만든다.

⑤ 마무리

예시글은 어떻게 끝나는가? 이메일처럼 간단하다면, 이 사람이 어떻게 이메일을 끝맺는지? 똑같이 하는 것이 적절한지? 이야기는 이미 말했고, 서술한 이유를 대며 끝을 맺는다. 행동해야 한다. 요약이나 시작 부분으로 돌아가 참고할 부분을 찾는다. 글은 가장 관련성이 큰 정보로 시작하여 가장 덜 중요한 디테일로 끝난다. 어떤 방법이든 찾으면 모방할 수 있다.

결국, 그곳에서 일하는 사람들이 회사의 가장 중요한 자산이라는 것을 기억하는 것이 중요하다. 데이터 마이닝data mining●, 전략적 기획에 관한 것도 아니다. 현명한 관리 방법에 관한 것도 분명히 아니다. 회사는 직원들이 회사를 위해 일할 때 운영된다.

이것은 생각에 대한 강력한 요약이다. 읽는 이에게 글쓴이의 요점을 기억하라고 요구한다. 일련의 율동적인 문장 안에 존재하지 않는 것을 말하고 강한 이미지로 끝낸다.

여기에는 옳고 그른 방법이 없다. 여러분 같은 커뮤니케이션 스타일에서 자신만의 글쓰기 구성법을 알려줄 단서를 추적한다.

● 대규모로 저장된 데이터 안에서 체계적이고 자동으로 통계적 규칙이나 패턴을 찾아내 분석해서 다양한 자료로 활용하는 기술.

[참조] 해체 101

이 해체 질문들을 해보는 것으로 모방을 시작해보라. 일단 답을 한 번 알고 나면, 자신의 아이디어와 단어를 사용하여 모방해보라. 그것이 제대로 글을 쓰는 지름길이다.

① 오프닝

- 첫 문장은 어떻게 쓰는가?
- 첫 단락은 얼마나 많은 문장으로 이루어지는가?

② 제목, 부제, 소제목

- 글은 제목을 갖고 있는가?
- 부제는 갖고 있는가? 소제목은 어떤가?
- 이것들이 긴가 아니면 짧은가?

③ 단락

- 단락들이 긴가 아니면 짧은가?
- 얼마나 많은 단락이 있는가?

④ 픗말 문장

- 픗말 문장이 단락의 시작 부분에 있는가?
- 픗말 문장이 논리적 순서를 따르고 있는가?

⑤ 마무리

- 마지막 단락을 어떻게 썼는가?
- 마지막 단락에 얼마나 많은 문장을 담고 있는가?
- 맨 마지막 문장을 어떻게 썼는가?

[연습 문제] 어떤 것이든 해체하라 (시간: 15분)

이 문제를 갖고 최상으로 구구절절 모방하기를 실행할 수 있다.

1단계 | 예시 찾기

여러분이 분리하고 싶은 것이다.

2단계 | 분류

살펴보고 각 문장이 나뉘는 카테고리를 결정하라. 다음 문자 중 둘 이상을 사용하여 각각을 표시하라.

- 일화/장면-A
- 출처/자료-S
- 사실/묘사-F
- 인용-Q
- 팁-T
- 작가의 견해/관점/요약/결론-W

3단계 | 카테고리의 양 기록

어떤 종류를 얼마나 많이 가졌는지 보라. 이 카테고리에 맞지 않는 것은 자신만의 카테고리를 만들어라. 여기에는 옳고 그름이 없다. 모방할 수 있는 패턴을 찾고 있다. 세 가지 사실, 한 가지 방법 및 다섯 가지 글쓴이의 결론이 있는가? 그것들은 어떤 순서로 제시되는가? 글은 따옴표로 묶인 일화로 시작하고, 주장을 뒷받침할 수 있는 사실로 끝나는가?

비영리단체의 성공담에 관한 소식지를 작성한다고 해보자. 해체하는 방법은 다음과 같다.

지난해, 줄리아 A는 에콰도르 키토의 외곽에 있는 먼지투성이 클리닉의 한가운데에 서 있었다. (A) (F) 그녀는 워싱턴주의 시애틀에서 가져온 재활용 보청기 중 하나를 젊은 여성의 귀에 잘 맞도록 맞추느라 애쓰고 있었다. (F)

"그녀는 임신 중이었고, 보청기를 갖게 되어 너무 기뻐했다. 그녀는 전에 결코 보청기를 가져보지 못했다. 이제 그녀는 난생처음 새 아기의 소리를 들을 수 있기 때문이다."(Q)라고 줄리아는 기억한다.

줄리아의 자원봉사 프로젝트가 가치를 발하는 순간이었다.…(W)

이 글은 에콰도르에 있는 작은 장면, 두 가지 사실, 하나의 인용구 및 요약/결론을 포함한다. 만약 여러분이 이 스타일로 글을 쓴다면, 자신의 이야기를 위한 패턴을 모방할 수 있다.

3. 모방은 단어의 세계를 연결한다

우리는 단어의 바다에 살고 있다. 작가는 이 바다를 이용하여 탐험하고, 표면 아래를 내려다보고, 조류의 변화를 확인하고, 그곳에 무엇이 사는지 확인한다. 자신감 없는 글쓴이는 바다를 무시하는 경향이 있다. 그들은 해안가에 앉아서 바닷소리를 듣거나, 떠올려지는 생각에 압도당하거나 지루해한다.

모방은 고무 뗏목과 부유물을 함께 날려버린다. 여러분은 바다에 있지 않지만, 바다에 닿아 있다. 아무것도 하지 않고 있다 할지라도 뗏목이 남아 있으면, 모방은 여러분을 물 위로 내보낸다. 모방하면 할수록 더 많은 단어가 주변에 있음을 안다. 그리고 친숙하면 할수록 더 많은 명령을 취한다. 결국, 거기에 매달려 있다면, 측면을 뒤집어 스스로 몰입할 수 있다. 다른 세상에 온 것을 환영한다.

4. 성공을 위한 모방

글쓰기를 시작했을 때, 찾을 수 있는 곳이라면 어디서든 도움을 받았다.

내 글쓰기 경력은 존재하지 않는 누군가에 의해 시작되었다. 수년 전, 나는 우리 마을의 〈내셔널 퍼블릭 라디오National Public Radio〉 방송국의 자문위원으로 참여하고 있었다. 평소처럼 그들은 자금이 필요했다. 나는 위원회 회의에서 집주인이 하루 동안 정원을 공개하는 정원 투어를 진행하면 3,000달러를 추가로 모금할 수 있다고 했다. 방송국 엔지니어는 정말로 믿지 못하는 듯했다.

"누군가의 정원을 보고 싶어 하는 시청자가 있을까?"

물론, 이사회는 투어와 정원에 대한 안내서 쓰는 일을 내게 맡겼다. 이 안내서는 엔지니어의 궁금증이 풀어질 만큼 매력적이고 설명력이 뛰어나고 강력해야만 했다. 그런데 어떻게? 나는 정원에 관한 안내서나 어떤 것도 써보지 않았다. 나는 어쩔 줄 몰랐다. 그때 화이트 플라워 팜스White Flower Farms의 식물 카탈로그가 우편으로 도착했다.

화이트 플라워 팜스에는 아모스 페팅일Amos Pettingill이라는 대변인이 있었다. 카탈로그 앞면에는 해마다 소개하는 제품들이 실려 있었다. 그는 교육받은 뉴잉글랜드 농부의 소탈하고 따뜻하고 열정적인 어조로 글을 써 놓았다. 그의 묘사는 항상 내가 모든 식물을 사고싶게 만든다. 그 즉시 나는 아모스 페팅일 스타일로 내 안내서를 쓰기로 했다.

그런데 그는 어떻게 내가 그 모든 식물을 사고 싶은 욕망을 불러일으켰을까? 우선, 나는 그가 결코 '나'라는 단어를 사용하지 않고 '우리'란 언어를 사용하는 것을 알았다.

아모스는 따뜻한 어조를 가지고 있다. 우리도 역시 따뜻한 어조를 채택했다.

아모스는 형용사를 좋아했다. 우리는 몇 가지를 모았다.

우리는 리버 로드River Road 부근에 있는 두 개의 환상적인 정원과 먼로 파크Monroe Park 주변에 있는 10개의 탁월한 정원을 도보로 둘러볼 수 있다는 장점을 갖고 있습니다.

그는 분명한 묘사를 사용했다. 우리도 그렇게 했다.

이곳은 아주 잘 자란 나무, 잘 정비된 집, 성실한 정원사로 가득한 쾌적한 이웃 동네입니다. 재미있는 앞마당은 모든 거리에 널려 있습니다.

아모스는 숨 멎을 듯한, 사랑과 기쁨과 같은 단어를 선택했다. 우리는 똑같이 이 단어들을 모방했다.

우리의 숨 멎을 듯한 정원은 나름대로 이유가 있는 다양한 규모를 갖추고 있습니다. 우리는 여러분을 사랑하고 즐겁게 하며, 진정으로 즐거운 하루를 만들어주고 싶습니다.

아모스는 항상 부드럽고 직접적인 어조를 구사했다. 우리는 같아지려고 노력했다.

꼭 투어 당일, 시간에 맞춰 정원을 방문하십시오. 진입로나 좁은 도로에 주차할 때에는 이웃을 생각하십시오. 그리고 식물을 뽑거나 식물이 있는 밭에 들어가지 마십시오.

판매 촉진을 위한 무료 안내서가 마을 주변의 관람권 판매소가 있는 곳에 나뉘어 진열되어 있었다. 투어가 끝나자, 라디오 방송국은 아모스 페팅일의 안내서 덕분에 2만 달러를 모금했다.

나중에 경험 많은 정원 작가는 내게 아모스가 진짜 사람이 아니라고 말했다. 그는 엉클 벤Uncle Ben, 베티 크로커Betty Crocker와 같은 허구적인 브랜드 대표 인물과 열심히 일하는 콜롬비아 커피 농부 후안 발데즈Juan Valdez라고 했다.

나는 그를 잘 안다고 생각했다. 그런데도 우리는 그의 성공적인 발걸음을 내딛게 됨을 기뻐했다.

3장

가길 원하는 곳에 데려다 주는 케이블카문장

"주제어."

이 한 단어는 많은 자신감 없는 작가의 마음속 공포를 깨뜨려 줄 수 있다. 많은 사람은 추상적인 생각이 가능한 때보다 훨씬 어린 나이에 주제어를 사용했었다. 우리는 "조언"을 가장한 주제어를 받았고, 그리고 결코 생각할 수 없는 컨셉에 맞춰서 글을 써달라는 요구를 받았다. 주제어와 씨름하지 않아야만 한다면, 글을 쓴다는 것은 손전등 없이 어두운 동굴 속으로 들어가는 것처럼 느낄 수도 있다.

그러나 주제어는 여전히 써야 하는 모든 글을 위한 가장 강력한 지침이다. 그래서 1부의 생각하라THINK에서 주제어를 손볼 예정이다. 첫째, 이름을 변경하여 더 생생하게 그려볼 예정이다. 둘째, 글쓰기 아이디어를 채워 넣도록 빈 문장으로 분해하여 다음 단계로 나아갈 것이다.

3장에는 유용한 카테고리 이름 붙이기와 손쉬운 생각 프로세스에 대한 쓰기 연습(2분간 무거운 짐 짊어지기)이 들어있다. 리뷰에서는, 운동이 어떻게 잡지 기사로 만들어졌는지에 대하여 나의 휘갈겨 쓴 메모를 공유한다.

1. 케이블카문장을 위한 주제어 옮겨 비우기

주제어라는 용어는 그다지 묘사적이지 않다. 이 중요한 글쓰기 도구는 상상력을 활성화한다. 주제어 대신, 나는 더 역동적인 다른 두 가지 용어로 작업한다. 주제어의 임무가 생각을 인도하는 것이기 때문에 나는 그것을 안내문장guide sentence이라고 부른다. 이 용어는 기능을 잘 보여주는 표현이다. 나는 '안내문장'을 사용하곤 하는데, 여러분도 그렇게 했으면 한다. 그러나 나는 이보다 더 그래픽적인 기술어記述語인 케이블카문장cable-car sentence을 선호한다. 다음은 케이블카문장이 왜 글쓰기에 도움이 되는지에 대한 설명이다.

케이블카가 하는 일을 생각해 보자. 샌프란시스코의 가파른 언덕에 서 있다. 케이블카가 오고 있는지 알고 싶으면, 철길 근처에서서 귀를 쫑긋 세워야 한다. 케이블카를 볼 수는 없지만, 철길을 따라 지하에서 나는 윙윙거리는 소리를 들을 수 있기 때문이다. 차가 멈추면 탄다. 안쪽의 케이블카 운전사는 철길 아래에 숨겨져서 끊임없이 움직이는 철 밧줄 죔쇠가 항상 작동하도록 긴 레버를 움직인다. 승하차할 사람을 실은 차는 종소리를 울리며 길을 따라 언덕에 다가온다.

안내문장은 그 케이블카와 같다. 탑승한 채 아이디어를 포장할 수 있다. 지저분한 초안의 겉에 몇 가지 좋은 아이디어를 걸어놓는다. 그리고 글쓰기 언덕 위로 향하는 차를 탄다. 기본적으로 그것은 모든 아이디어가 같은 방향을 향하도록 유지하는 방법이다.

나는 몇 가지 이유로 케이블카 이미지를 좋아한다. 첫째, 상승하는 언덕 그림을 좋아한다. 왜냐하면, 많은 훌륭한 글쓰기가 상향 곡선의 궤적을 따르기 때문이다.

둘째, 어떤 노력도 없이 언덕을 오를 수 있도록하는 케이블카의 능력을 좋아한다. 만약 여기서 공상에 빠지고 싶다면, 끊임없이 움직이는 케이블카가 여러분 자신의 창의력일 수도 있고, 우주의 창조성, 즉 보이지 않는 곳에서 생기는 창조성이 될 수도 있다. 중요한 점은 글쓰기 언덕은 가파르지만, 콘텐츠가 따라서 움직인다.

세 번째 좋은 점은 승객이 타고 내린다. 이것은 편집 단계에 있을 때, 케이블카문장을 통해 유지할 아이디어와 다음 단계에서 내려야 하는 아이디어를 알려준다.

생각 전달을 위한 강한 케이블카문장은 쓰기와 편집 시간을 줄여준다. 그래서 모호한, 그리고 종종 싫어하는 주제어를 삭제하고, 케이블카 형상화에 쓰기의 방향을 안내할 기회를 만들어준다.

2. 케이블카문장을 만드는 법

초점을 빨리 찾아내고, 생각으로 문장의 빈칸을 채워 쓰기의 본질을 규정하라.

________(주제)에 관한 나의 _________(글쓰기 카테고리)에서 나는 _______(관점)를 말하고 있다.

빈칸을 자세히 살펴보자.

① 글쓰기 카테고리

글쓰는 방법을 바꾸어야 하므로 글쓰기 종류를 아는 것이 중요하다. 카테고리가 명백해진다. 아마도 블로그나 보고서, 또는 프레젠테이션일 것이다. 만약 아무것도 떠오르지 않으면, [참조] 카테고리 이름 붙이기를 검사해 보자. 어떤 것도 적합하지 않다면 글이라는 단어를 넣고 계속 진행하자. 쓰고 있는 것에 관해 더 많이 알게 되면 나중에라도 빈칸을 채울 수 있다.

② 주제

주제는 대체로 쉽다. 사람들은 "회사 소식지에 무엇을 쓰고 있는가?"라고 묻는다. 여러분은 "우리 부서가 내놓은 새로운 위젯widget●이라고 답한다. 좋다. 주제는 새로운 위젯이다.

③ 관점

관점slant은 기본 전제이거나 주요 포인트이다. 주제에 대한 의견

● 바탕화면에서 곧바로 사용할 수 있도록 자주 사용하는 기능을 모아 놓은 도구 모음.

이다. 관점이라는 용어는 때로는 편향된 글쓰기를 묘사하는 데 사용하지만, 여기서는 작품의 초점이란 의미로 관점을 사용한다. 기자는 다음 두 가지 질문을 통해 주제와 관점 사이의 차이점을 인식한다. 뉴스란 무엇인가? 이야기란 무엇인가? 뉴스는 도로가 막혔다는 것이다. 이야기는 그 일이 어떻게 일어났는지에 대한 모든 정보를 말한다.

가령, 새로운 위젯의 경우, 관점은 위젯에 관해 말해야만 하는 것을 의미한다. 만약 프로젝트를 시작할 때 관점을 미처 알지 못했다 해도, 연구할 수는 있다. 위젯이 무슨 일을 하는지? 누가 위젯을 필요로 하는지? 왜 위젯이 필요한지? 다른 위젯과 비교하면 어떤지? 어떻게 생겨났는지? 이 위젯의 미래는 어떤지? 회사를 위해 위젯은 어떤 의미인지와 같은 질문에 답이 될 수 있는 메모를 수집하라. 이 질문 중 어느 하나에 대한 답이 이 글쓰기 꼭지를 위한 특별한 관점이 될 수 있다.

④ 관점 이동

주제는 하나로 유지할 수 있지만, 카테고리와 말해야 할 내용에 따라 관점이 변경될 수 있다. 세 개의 케이블카문장 예를 살펴보자. 각각은 위젯의 실제 이야기를 보여준다.

새로운 위젯(주제)에 관한 블로그 게시물(카테고리)에서 나는 이 제품의 예상 판매량은 회사의 명성과 행운을 새로운 높이로 끌어올릴 것(미래 이익에 대한 관점)이라고 말하고 있다.

그렇다면, 무엇을 하는지, 필요로 하는 사람은 누구인지, 개발의 역사, 어떻게 비교되는지와 같은 정보를 주요 전제를 뒷받침한다. 또는 회사 소식지에 위젯의 도입 역사를 연대기 순으로 기록하도록 들었다고 해보자. 안내문은 다음과 같다:

새로운 위젯(같은 주제)에 대한 내 프로필(카테고리가 변경됨)에서 성공적인 도입은 이 부서(여기에 이름을 쓰라)의 중요한 공헌에 달려 있다고 말한다.

그런 다음 위젯의 시작에 관한 이야기를 하고, 승리의 롤아웃roll-out●으로 옮기고, 모든 사람과 그들의 공헌을 언급한다. 위젯이 무엇을 하는지, 누가 위젯을 필요로 하는지, 또는 미래의 전망과 같은 다른 사실을 계속 언급할 것인데, 이런 모든 것이 이야기를 뒷받침한다. 그런데 그것들은 주된 초점이 아니다.

또는 위젯의 롤아웃에 관한 설명을 쓰기로 한 이유(여러분은 불만스러운가?)에 대해 꼭 말해보자. 제목은 그대로 유지한다. 뒷받침하는 사실은 남아 있다. 그러나 이제는 롤아웃에 손뼉 치고 끔찍한 아이디어라고 생각하는 사람들로부터 인용문을 딸 수 있다. 다음은 여러분이 쓴 문장이다.

가장 최신의 위젯(주제)에 관한 나의 설명(카테고리)에서 나는 상사가 기획한 판매 프로젝트가 회사의 명성과 운명을 새로운 높이로 끌어올릴 것이라는 반면, 내부에서는 그것이 잡쳐버리는 것이라고 말한다.

● 미식축구 쿼터백의 공격 동작.

이 모든 관점에서 로켓을 발사하다 rocket, 경첩을 달았다. hinged, 기획하다 project, 동의하다 agree, 그리고 잡쳐버리다 crash and burn와 같은 강한 행동을 하는 동사를 주목하라. 관점을 쓰고 있을 때는 언제나 가장 활동적인 동사를 넣어라.

[참조] 카테고리 이름 붙이기

실화에서 형식과 형태는 무수하다. 다음은 가장 일반적인 것들을 모아 놓은 것이다.

분석 Analysis

블로그 포스트 Blog post

전기 Biography

안내서 Brochure

지시 Directive

광고용 우편물 Direct mail

이메일 Email

수필 Essay

논술 Exposé

특집 기사 Feature article

방법 How-to

인터뷰 Interview

편지 Letters

메모 Memo

회고록 Memoir

소식지 Newsletter

뉴스 보도 News report

부음기사 Obituary

견해 Opinion/사설 editorial

홍보 Pitch

프로필 Profile

공익광고 Public service announcement

질문 Question/답변 answer

조사 결과 Research results

판매 홍보 Sales pitch

연설 Speech

소셜 미디어 포스트 Social media post

비주얼 프레젠테이션 Visual presentation

⑤ 관점을 알아차리는 법

대부분 글의 카테고리와 제목은 간단하다. 관점은 많은 사람이 꼼짝 못 하는 곳에 있다. 관점을 찾는 한 가지 방법은 "내가 커뮤니케이션하는데 필요한 가장 중요한 것은 무엇인가?"라고 자문하는 것이다. 대답은 여러분에게 초점을 맞춘다. 예를 들어보자.

새로운 고객 관리 시스템 사용에 관한 이메일에서, 나는 기능 변경 때문에 여러분은 다음 주 교육에 참석할 필요가 있다고 말한다.

잡지의 표지 머리기사처럼 안내문장을 묘사함으로써 긴급성을 줄 수 있다. 여러분은 그렇게 이메일을 쓰지는 않겠지만, 초점을 찾는 또 다른 방법이다.

새로운 고객 관리 시스템 사용에 관한 이메일에서, 나는 모든 내부 정보를 얻기 위해 훈련에 참석할 것을 말한다.

그렇지 않으면 영화 · 드라마 · 유머의 처지에서 생각해 보라.

새로운 고객 관리 시스템 사용에 관한 이메일에서, 나는 훈련에 참여하고 세계를 구하라고 말한다. 하지만 때로는 주제가 복잡하거나 관점에 관한 생각이 원 주위를 맴돌고 있다. 아마 관점이 무엇인지를 알 수 없을 만큼 정보를 많이 모았다. 그렇다면 가장 손쉬운 생각 도구 중 하나에 의존할 때이다.

나는 자유형 쓰기 연습의 기본을 저널리즘 전공자를 위한 뉴스 열차 콘퍼런스News Train conference에서 기자, 작가, 포인터 인스티튜트Pointer Institute의 칩 스캔론Chip Scanlon 코치가 한 프레젠테이션에서 처음 배웠다. 질문을 수정하고 연습을 확장하고 생각을 점차 한 마디로 줄인 후에 관점을 만들 수 있다.

[쓰기 연습] 2분간 무거운 짐 짊어지기

이 연습은 컴퓨터로 작성하여 실험했고, 그러고 나서 또 한 번 손으로 실험했다. 생각, 길이, 또는 질에서 다른 결과를 얻을 것이다. 선호하는 방법이 가장 생산적인 방법이 아닐지도 모른다. 그래서 둘 다 시도해보자. 시간이 될 때까지 가능한 한 빨리 계속해보자.

1단계 | 타이머를 놓아라

질문에 답하고 다음 질문을 위해 타이머를 초기화하라.

- 이 글은 무엇에 관한 것인가? (45초)
- 왜 그런 말을 하는가? (30초)
- 더욱 큰 세계와 어떻게 연결하는가? (20초)
- 요점이 무엇인가? (15초)
- 한 마디로 이것은 무엇에 관한 것인가? (10초)

2단계 | 한 마디를 공부하라

쓰고자 하는 글의 종류가 무엇이든 한 마디는 언제나 글에 관한 큰 그림의 질을 결정한다. 워크숍과 수업에서 공유한 단어들은 다음을 반영한다. 균형, 관점, 재배열, 생존, 인내, 아이러니, 열정, 희생, 변화, 향수, 가치, 카오스, 상상력, 여행, 열정, 입양, 동화, 블랙박스. 이 단어들은 흔히 보편적 진리를 묘사한다. 이 단어들은 읽는 이와 연결해준다.

3단계 | 관점을 창조하라

이 말을 갖고 케이블카문장의 관점을 구축해보라. 만약 한 단어 이상 갖고 있다면 각각에 대해 문장을 시험해보라. 관점을 만드는 데 도움이 될 강력한 동사를 찾을 수 있다. 가이드를 만들기 위해 짊어질 수 있는 모든 문장이 존재한다.

기억하라. 심오할 필요는 없다. 장난스럽거나 어리석은 말도 강하게 연계할 수 있다. 실제의 단어는 나타날 필요가 없다. 그것은 관점 사고의 유출물이다. 그것을 가지고 놀아라.

▶▶▶

⑥ 결과 쓰기 사용법

성가신 위젯에서 2분을 행했었다고 해보자. 더 큰 세계와 연결에 관한 세 번째 질문에 대한 답변으로, "이 위젯은 다가올 몇 년 동안 회사를 지도 위에 올릴 것이다. 매출을 많이 올릴 것이다. 사람들은 주목할 것이다."라고 썼다. 그리고 여러분의 한 마디가 명성을 얻었다. 여러분은 자유형 쓰기에서 아이디어를 끌어내고 관점을 찾아낸다. 이 위젯의 예상 판매가 회사가 명성과 행운을 얻는 데 큰 역할을 할 것이다.

그러나 이 연습을 하고도 생산적인 일이 발생하지 않는다면 어떨까? 있을 수 있는 일이다. 과정을 없애지 마라. 다시 해보라. 아주 짧아서 여러 번 시도해 볼 수 있다. 횡설수설하는 것이 싫다면 기준을 더 낮추어라. 아무리 약하다 해도, 안내문은 시작이다. 나중에 강하게 만들 수 있다.

때로는 연습의 길이가 너무 짧아 보인다. 때로는 손가락이 멈추길 원하지 않는다면 시간을 연장한다. 그렇지만 정시에 멈추고 휴식을 취한 후에 연습을 반복하도록 계획하는 것이 좋다.

이유는 다음과 같다. 타이머가 울릴 때 멈추지 않으면 영향이 있음을 발견하게 된다. 자신에 대한 약속을 깨뜨린 것이다. 다음 연습을 시도할 때 단어들이 쉽게 흐르지 않는다. 마치 횡설수설이 비롯된 내부 샘이 막힌 것과 같다. 반면에, 약속을 지킨다면 기본 규칙에 근거한 짧은 자유형 쓰기의 신속한 행동은 샘을 확장할 수 있다. 끌어당기면 당길수록 더 많이 전달된다.

3. 케이블카문장을 구축할 때

케이블카문장을 언제 만들 것인지의 타이밍은 개인적인 쓰기 프로세스에 달려 있다. 생각하라THINK 섹션의 들어가기 부분에서 다른 글쓰기 습관과 양쪽 기술을 결합하는 사람들인 혼합형과 마찬가지로 기획형, 도전형들의 할 일에 관하여 살펴보자.

① 기획형

단어가 어느 방향으로 여행할 것인지에 대해 미리 편안하게 안다면, 여행을 떠나기 전에 케이블카문장을 만들어보라. 그리고 글을 쓰면서 편집하는 글쓴이라면, 그 안내문장은 여러분의 선택을 지시하기 위해 그곳에 있을 것이다.

② 도전형

여러분은 자신이 누구인지 안다. 여러분은 생각하는 바를 발견하기 위해서 글을 쓴다. 곧바로 해보라. 그런 다음, 세련되지 않은, 그러나 적절하게 이름 붙인 "구역질 날 것 같은 초안"을 걸러내는 것의 일부로 케이블카문장을 만들 수 있다.

③ 혼합형

여러분은 혼합과 조화를 선택한다. 자신의 생각한 바를 경청한 후, 글을 쓰기 전에 안내문장을 삽입하고, 글을 쓴 후에 다른 안내문장을 써라. 하나를 사용할지 두 개를 함께 섞을지 선택해보라. 어떤 방식으로 하든 편집을 시작할 때 적재적소에 케이블카문장을 갖게 될 것이다.

④ 케이블카문장을 위치시키는 곳

케이블카문장이 생기자마자 암시로서 글 꼭대기의 배너처럼 케이블카문장을 놓을 수 있다. 그렇지만 나는 더 좋은 위치가 있다고 생각한다. 마지막 부분을 타이핑한 직후 학생 중 한 명이 문서 마지막에 케이블카문장을 놓자고 제안했다. 그렇게 하면, 생각을 멈출 때, 또는 꼼짝 못하게 될 때, 이쪽에서 저쪽으로 이동하듯이 케이블카문장은 눈앞에 바로 있으면서 다음에 어디로 가야 하는지를 상기시켜준다.

나는 항상 타이핑하는 문장 바로 아래에 케이블카문장을 놓는다.

주제어에 대한 생각하기THINK 장에서 나는 무서운 주제어 이름을 바꾸고, 그것을 3개의 빈칸으로 쪼개고, 그리고 자유형 글쓰기가 무거운 짐 짊어지기를 행하게 해줌으로써 글쓰기 과정을 가속할 수 있다.

⑤ **케이블카문장의 끝내기**

나는 케이블카문장을 여러분과 공유했다. 그렇지만 여러분의 안내문장은 아마도 글쓰기가 끝난 글에서도 절대 나타나지 않는다. 부분 편집 과정에서 다른 사람들과 안내문장을 공유할 수 있지만, 그렇지 않으면 누구도 그것을 볼 필요가 없다.

모방에서 삭제되는 게 케이블카문장의 운명이다. 일을 마치고 그들은 언덕 너머로 자신들의 길을 내려가고, 다른 길은 망각으로 간다. 나중에 여러분이 쓴 것을 훑어보게 될 때, 그 문장이 무엇인지를 기억하지 못할 수도 있다. 그러나 글쓰기는 더욱 명확해질 것이고, 생각은 더 질서 있는 진행으로 이어질 것이다.

4. 2분 동안 행동하기

나는 늘 거친 메모를 저장한다. 아래는 내가 오리건주립대학University of Oregon 동창회보인 〈계간 오리건Oregon Quarterly〉에 건축에 관한 글을 쓰기 시작할 때 했던 시간에 관한 기록이다. 이 기사는 2009년 가을호에 "물길에 떠 있는 아이디어-오리건주립대학 학생들이 버려진 교토운하 되살리는 데 도움 주다"라는 제목으로 실렸다. 다음의 내 횡설수설을 따라가 보자.

① **이 글쓰기는 무엇에 관한 것인가?** (45초)

오리건주립대 교수와 학생들 간의 교토운하 복원 협력사업-학생 요시무라Yoshi mura가 교수에게 방치된 운하를 보여주었다. 요시무라의 가족이 그 운하에 의지해 700년 동안 살아왔다. 운하는 1200년에 건설됐다. 학생이 어렸을 때, 폐허가 된 운하에서 놀았고, 물웅덩이에서 생물을 발견했다. 학생은 아이디어, 복원, 공원 만들기, 오래된 벽 안쪽으로 흐르는 새로운 수로, 오래된 운하에 대한 기억을 떠올렸다. 공원을 어떻게 만들 것인지에 관해서였다. 교토는 언제 인프라를 재건축할 것인지, 왜 동시에 공원을 만들지 않는지. 보기 흉하게 방치됐다.

② **왜 그런 말을 할까?** (30초)

오리건주립대는 교수와 학생들의 업무 수행을 칭찬한다. 교토 연결-교토 디자인에서 오리건주립대 조경건축학과 교수와 학생들의 중요한 기여-K(교토)와 과거의 링크-교수/학생들은 학교 밖에서 의미 있는 일을 찾는다-는 과거의 아름다움과 명예를 되찾는데 이바지한다.

③ **더욱 큰 세계와 어떻게 연결하는가?** (20초)

교토와 오리건주립대 사이에 진행 중인 프로그램. 교토/오리건주립대는 과거 디자인으로 연결되었지만, 아무것도 지어지지 않았다. 끝난 것-왜?-교토/교토 시민공원과 고대 가족/역사와 연결이 필요하다-인프라가 반드시 만들어져야 한다-함께 온다-조경 건축의 중요성.

④ 요점은 무엇인가? (15초)

일을 수행하기 위한 올바른 프로젝트/올바른 장소/올바른 사람-역사는 잊히지 않는다. 도시에 생명을 가져온다.

⑤ 한 단어로, 이것은 무엇인가? (10초)

연결하라LINKS. 그러고 나서 나는 케이블카문장을 썼다.

오리건주립대/교토 호리카와 운하 복원에 관한 조명 기사에서 나는 고대 운하 안에 새로운 공원을 조성하기 위한 프로젝트가 로빈거Lovinger 교수, 다이슈키 요시무라(1990년대), 디자인과 학생들, 교토 정부, 그리고 교토 시민과 함께 어떻게 연결되었는지를 말한다.

내가 연습 결과를 어떻게 사용했는지는 다음과 같다.

⑥ 이 글쓰기는 무엇을 썼는가?

첫 번째 질문에 대한 횡설수설한 대답에서 나는 floated떠올렸다라는 동사를 찾았다. Floats떠올린다는 제목에서 끝났다. 단어가 이미 전달되면 왜 더 열심히 노력하지 않는가? 그것은 결국 운하에 관한 것이다. 호리카와horikawa라는 단어는 일본어로 "수로"water road를 뜻하는데, 그래서 float는 여러 단계로 작동한다.

⑦ 왜 그런 말을 할까?

나는 교직원과 학생들 모두의 업무 수행을 조명할 동창회 잡지가 필요하다고 생각했다. 그것은 나의 WIIFM에 대한 인식을 높이고, 이야기가 어떻게 펼쳐졌는지를 보여주었다.

⑧ 큰 세계와 어떻게 연결하는가?

이 질문은 글쓰기를 보다 크고 보편적인 의미로 연결한다. 운하 프로젝트가 사회, 동향 그리고 삶을 다룬 더 큰 그림에 어떻게 들어맞는지? 알림 문구(조경 건축의 중요성)가 그 기사의 요약이 되었다.

⑨ 요점은 무엇인가?

이 질문은 나에게 모두가 이 일을 하기 위해 어떻게 함께 해왔는지, 그리고 질문 5의 한 마디가 도움이 되었다는 생각에 이르게 했다.

⑩ 한 단어로, 이것은 무엇에 관한 것인가?

나는 케이블카문장에 한 단어 links를 사용했다. 그런 다음 그 꼭지에서 그것은 은유가 되었다. 나는 이 프로젝트에 참여한 모든 사람의 상호작용을 7세기 운하를 따라 바지선을 끌어당기던 손으로 주조한 체인 링크에 비유했다. 마지막 단락에서 나는 links를 한 번 더 사용했다.

> 로빈거 교수와 학생들이 디자인한 호리카와 운하 복원 도면은 공동체의 염원을 한데 모으고 실용적인 현실성과 자연의 세계를 연결하는 하나의 고리였다. 미국에서도 같은 원칙이 적용될 수 있다. 인프라 개조는 왜 자연의 아름다움을 창조하기 위한 명령과 연결하지 않는가? 둘 다 공공의 이익에 복무한다. "자연은 주위에 벽을 둘 수 있는 대상이 아니다"라고 로빈거는 말한다. "그것은 사람들을 아름다움과 흥미로움에 연결하는 것에 관한 것이다." 그리고 더 중요한 것은 도시에 생명을 되찾기 위한

것이라고 그는 지적한다. "황량하고 죽은 것이 살아난다."

글쓴이는 보통 자신의 엉터리 노트와 이상한 생각을 공유하지 않는다. 흔히 우리는 최소한 약간 부드럽게 다듬을 것만 제공한다. 하지만 그 투박한 프로세스가 어떻게 모양을 갖추는지 이해한다면, 여러분 자신의 불안정한 단계를 더 기꺼이 참아낼 수 있다. 무거운 짐을 짊어지고 케이블카를 타면 시간이 짧게 걸린다. 생각을 선명하게 해준다. 그리고 글쓰기를 쉽게 해준다.

제 2 부

구조

STRUCTURE

어떤 글쓰기이든 형태를 따르면 훨씬 빠르게 진행할 수 있다. 구조를 따르는 글쓰기는 좋은 아이디어를 빨랫줄에 너는 것과 같다. 셔츠, 양말, 속옷이 뒤엉킨 뭉치가 가지런히 널리고, 산들바람에 살랑거리고, 펴서 말릴 수 있다.

구조는 시간을 줄여준다. 구조는 노력을 덜하게 해준다. 구조는 창조적이고 간결한 글쓰기의 핵심이다. 구조는 블로그 게시물부터 보조금 제안서까지 모든 글을 지탱해준다. 제2부 '구조STRUCTURE'에서는 유용한 구조 활용법에 관하여 살펴본다. 글의 종류가 무엇이든 구조를 사용하면 좋다.

4장에서 단순한 이야기 아크story arc와 같은 최고의 구조 세우기를 실험한다. 구조 세우기가 필요한 이유와 사용법에 대해 살펴본다. 아크는 다양한 본보기의 기본이므로 여기에서 설명하는 게 좋을 듯싶다.

5장은 주인공의 여정에 관해 다룬다. 허구에서 흔히 사용하는 이 패턴은 실화 글쓰기에 쉽게 적용할 수 있다. 이 10단계 프로세스가 어떻게 작동하는지 일단 알게 되면, 사실 수집, 인터뷰, 그리고 이야기 전달방법 결정 등 모든 종류의 일을 신속하게 진행할 수 있다.

하지만 이야기를 쓰지 않으면 어떻게 될까? 정보나 설명을 배치해야 한다면 6장의 다양한 글쓰기 구조를 찾아보면 도움이 된다. 선택할 수 있는 10가지 옵션과 2가지 특수 형식을 통해 필요한 것이 무엇인지 파악하고, 그 형식을 따라 할 수 있다. 그리고 마지막으로 7장은 실화 장면의 구성요소와 더불어 개인 수필과 같은 특별한 글쓰기 주체의 구조를 살펴본다.

이러한 패턴에 대해 알아보자. 이 패턴은 지름길이다. 단어들이 견고한 프레임을 지탱하면 글쓰기는 훨씬 쉬워진다.

4장

스토리 아크를 올라타라

글쓰기는 때때로 MEGO 효과로 인해 어려움을 겪는다. MEGO는 너무 따분해 눈이 시려지도록 시시한 일My Eyes Glaze Over의 머리글자이다.

그런데 무엇이 지루하게 만드는가? 회계, 중세 라틴어 같은 과목은 본질에서 흥미를 끌지 못한다. 하지만 그 과목이 회계사나 중세 학자와 같은 특별한 독자의 관심을 끌려면 글쓰기가 높은 WIIFM(What's in it for me? 나와 무슨 상관이지?)을 얻어야만 한다. 그리고 여러분을 안내할 케이블카문장을 만들었다면, 이 문장은 굴러가야 한다. 그러나 아직은 그렇지 않다. 초안은 밋밋하고, 따분하고, 모두 같은 수준에서 나온다. 정보는 형식이 없다. 형식을 만들지도 않는다.

이 장에서는 간단한 패턴 즉 이야기 아크story arc를 채택하여 글쓰기가 다음 단계로 넘어가도록 한다. 쓰기 연습 문제로 아크 만드는 훈련을 한다. 그리고 그 과정에서 미친 듯이 쓴다. 두 개의 아크와 파워포인트로 눈에 띄는 프레젠테이션 만들기 아이디어를 얻어 보자. 마지막으로, 리뷰에서는 아크 위의 동물 돌보기를 통해 글을 쓴 이가 커브를 약간 추가함으로써 허우적거림을 환상적인 것으로 전환하여 넘치는 자료를 어떻게 조직화했는지를 보여준다.

1. 스토리 아크란 무엇인가?

우리는 아크라고 이름을 붙이지 않아도 아크 패턴을 안다. 아크는 책의 페이지를 계속 넘기도록 하거나 극장 좌석에 눌러앉도록 하는 구조인 허구의 기본적인 구성요소이다.

뭔가 이야기가 전개된다. 그러면 줄거리는 올라가고 말뚝은 더 높아진다. 갈등이 있다. 드라마다. 심지어 혼돈이다. 여러분을 끌어당긴다.

가장 단순한 형식을 통해 패턴이 무엇을 닮았는지 알아보자. 커브의 맨 아래에서 시작한다.

나는 아크 모양이 다이내믹한 실화實話를 좋아한다. 물론, 정보의 순서를 알기 위해 편평한 라인을 사용할 수 있다. 많은 사람이 그렇게 한다. 그러나 아크는 글쓰기가 정점으로 치닫고 있다는 것을 상기시켜준다. 무작위가 아니다. 하나의 아이디어는 다른 아이디

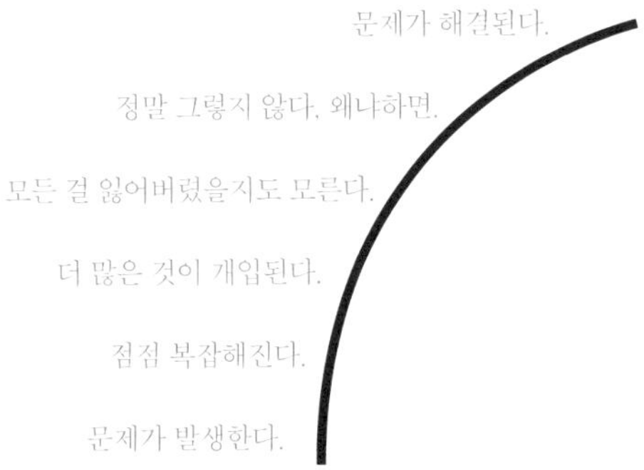

어를 만든다. 아크 위에 윤곽을 넣으면 작업을 더욱 쉽게 해주는 유용한 지름길이 생긴다. 그리고 글쓰기가 더 재미있어진다.

① 전개 대 설명

스토리 아크라고 부른다 해도, 구조는 이야기 전개와 설명에 모두 적용할 수 있다. 이야기 전개는 이야기를 뜻한다. 이야기는 크든 작든 일련의 사건들과 연결되어 있다.

"이 일이 일어났고, 저 일이 일어났다."

사건은 만들어지고 좋든 나쁘든 아크의 정점에서 마침내 끝난다. 아크는 독자들이 읽기 시작하는 이야기의 출발점에서부터 진행되는 여정을 시각적으로 보여준다.

반면, 설명exposition은 특정 주제에 대해 독자에게 알려주는 것이다. 사물을 단순화시키기 위해 나는 설명처럼 이야기가 아닌 모든 것을 표기한다. 더욱 복잡한 정의가 있지만 일단 나를 믿고 우리의 목적을 위해 설명을 〈드래그넷Dragnet〉• 과 같은 실화라고 생각해 보자. 설명은 주제에 대한 정교함의 모음이다. 논증하기 위해 만들어진 일련의 실화이다. 제품에 대한 설명이 될 수도 있다. 세부사항이 무엇이든 설명을 위해 아크를 사용할 수 있다.

② 아크는 긴장을 더 한다

이야기는 극적인 요소가 있다. 설명은 그렇지 않다. 그렇지만 극적인 요소를 위해 단순한 긴장으로 대체할 수 있다. 아크는 그 모양에 긴장이 내재 되어있다. 이 연결의 가장 좋은 실례를 위해 편평한 금속 눈금자를 부드럽게 구부려보라. 그리고 금속 눈금자를 구부린 상태로 두어라. 어떤 모양이 만들어졌는가? 아크이다.

글쓰기에서 밋밋한 글도 약간의 아크 요소를 더하면 독자의 마음을 사로잡는 힘이 생긴다.

한편으로 여러분은 독자를 아크 패턴과 익숙해지도록 했다. 지금 그들은 호기심으로 가득 차 있다. 무슨 일이 일어나고 있는가? 일련의 기대감에 가득 차 있는 독자를 설정하고, 그러고 나서 한 가지 문제를 제시하고, 다음 문제를 배치함으로써 독자들을 아크로 끌어당길 수 있다. 정보를 아크에 따라 배치함으로써 정보가 링크되는 연결을 이해한다. 독자 마음속에 있는 질문을 설정하고, 그러고 나서 그 질문의 처리에 대해 생각해야 한다는 의미이다. 손톱을 물어뜯거나 자신도 모르게 몸을 앞으로 내밀 정도로 긴장하지

• 미국의 라디오 시리즈 물.

말아야 한다. 미묘한 작업이다. 문제를 꺼내면 독자는 알고 싶어 한다. 이 문제는 어떻게 해결될까? 또는 이 문제의 결과는 무엇일까?

③ 아크에 귀 기울여라

실화에서 아크는 찾아보려고 하면, 어디에서나 볼 수 있다.

미국 텔레비전에서 활약한 전설의 사회자 데이비드 레터맨David Letterman의 팬이 좋아하는 숫자 초읽기는 1로 내려갈수록 긴장을 조성한다. 신문에 실린 한 편의 오피니언 글은 아크에 중요한 것을 순서대로 배치하는 논쟁적 편집을 하여 독자들을 설득한다. 또는 "화장실 플래퍼 밸브 교체하는 법"처럼 단계별 방법은 아크를 완성된 프로젝트로 상승시킨다.

아크는 또한 상품 가격을 매길 때 끝에 9자를 넣는 전략과 흡사한 19.95달러에 운송 및 설치비를 포함하여 판매하는 모든 TV 광고의 기본 요소이기도 하다. 영화 · 텔레비전 프로그램에서 화면에 나타나지 않는 인물의 흥분된 설명은 제품의 장점을 "믿을 수 없는 저렴한 가격"이라고 강조한다. 그러고 나서 다시 활기를 불어넣는다. "잠깐, 더 있습니다. 공급량을 두 배로 늘립니다! 별도의 배송료와 취급비만 내십시오." 때때로 끝내기 전에 두 번의 "기다리세요!", 다음에 "오늘 주문하세요!"를 추가한다.

진흙 도랑에 빠진 새끼 중 한 마리를 구조하려고 애쓰는 어른 코끼리의 모습을 담은 온라인 비디오 클립이 조회 수가 1천2백만 뷰 이상을 기록한다고 해서 그것은 사고가 아니다. 고전적인 이야기 아크이다. 영상을 보고 있는 여러분은 그 사건에 푹 빠져 있다. 너무 작고 약한 새끼 코끼리가 도랑에서 빠져나오려고 애쓰고 있다. 어슬렁거리는 어른 코끼리의 거대한 다리 밑에 있다. 그 새끼는 어떻게 밟히지 않을까? 다른 코끼리들은 어떻게 도울 수 있을까? 괜찮을까?

코끼리 두 마리가 함께 작은 녀석을 내보내기 위해 애쓴다. 느낌표나 동물 영웅주의가 없어도 아크는 다음에 어떤 일이 일어날까? 와 같은 독자가 알기 원하는 글 속에 긴장 요소들을 넣는데 54321이 도움 된다. 단순한 아크는 문제를 제시하고, 솔루션 탐구를 구축하며, 계획적으로 맨 위에서 해결한다.

④ **행동 속 아크**

쓰기에 어떻게 아크를 추가할 수 있는지 그 전후에 대해 살펴보자.

다음은 여행 잡지에 실릴 광고 이메일의 시작 부분이다. 주州 여행사를 위해 일하는 마케팅 담당자에게서 온 것이라고 상상해보자. 에이전시는 아칸소주 릴리 포인트Lily Point의 작은 마을로 가는, 잘 알려지지 않은 좁은 길로 사람들을 안내하고 싶어 한다.

기자의 초기 케이블카문장은 이렇게 시작한다.

릴리 포인트에 관한 글에서 나는 여름휴가를 재미있게 보낼 수 있는 곳이라고 말한다. 이것은 이메일로 나가는 내용이다.

릴리 포인트의 작은 마을은 주간州間 고속도로를 벗어나려는 사람들에게 많은 것을 제공합니다. 마을을 둘러싸고 하이킹, 자전거 타기, 조류 관찰, 승마 등을 위한 500마일에 달하는 루트가 있습니다. 어디에서나 낚시와 보트 타기를 즐길 수 있습니다. 야외활동을 한 후에는 작은 수제 양조 선술집이나 정통 요리를 하는 중국 식당을 찾아갈 수 있습니다.

밋밋한 글이다. 일반적인 나열하기이다. 많은 곳에 오락시설을 갖고 있다. 왜 릴리 포인트가 도드라지는가? 만약 여러분이 여행잡지 편집자라면 아마도 딜레트delete 키를 누르고 다른 곳으로 가버릴 것이다.

그럼 좀 더 구체적으로 알아보자. 담당자가 문제를 정의하도록 하라. 방문자는 이곳에 대해 알지 못한다. 이것은 질문으로 이끈다. 그들은 왜 모르는 장소에 관심을 가지는가? 그리고 대답은 이럴 것이다. 한적한 곳에는 사람이 거의 없기 때문이다. 그것은 지금 독자가 원하는 유익한 정보이다. 그래서 담당자는 독자들이 모르는 속박 받지 않은 장소에 대한 내부 가이드를 제공한다.

공유되지 않은 안내문장은 이럴 것이다.

여름휴가를 재미있게 즐기는 숨은 정보에서 나는 알려지지 않은 릴리 포인트Lily Point는 사람들이 적어 양질의 야외 체험을 제공한다고 말한다.

광고 메일은 이렇게 시작한다.

> 이 길을 즐기세요.
>
> (고리-독자들의 눈길을 사로잡아라)
>
> 그 표지판은 58번 고속도로의 주간州間 출구에 있지 않습니다. 그러나 있어야만 합니다. (독자는 왜 표지판이 있어야만 하는지 생각한다).

출구에서 1시간도 채 안 걸리는 릴리 포인트의 작은 마을은 극한의 모험에서부터 느긋한 경험까지 양질의 야외 탐험을 할 수 있는 허브입니다.

(오, 그게 답이다. 이 시점에서 독자가 야외활동에 관심이 없다면 읽기를 그만둔다. 그러나 좋아하는 주제라면, 다음 질문을 설정한다. 그래서 릴리 포인트에서 재미있는 일이 무엇인가?)

500마일의 잘 알려지지 않은 길은 키 큰 숲을 통과해 구불구불 이어집니다. 그중 350마일은 산악자전거 타기에 적합한 길입니다.

(오케이, 좋다.)

그리고 그곳은 이 마을 보물의 시작입니다.

(다른 무엇?)

물을 좋아하는 사람들은 급류타기에 도전하거나 한적한 곳에서 낚시를 즐길 수 있습니다. (그리고?)

이 조용한 들판에서 승마와 하이킹을 즐기거나 나무 아래에서 홀로 자연을 관찰할 수 있습니다.

(좋다. 그것은 좋은 다양성이다.)

야외활동 후에는 릴리 포인트의 새 수제 양조 선술집(맛있다!) 중의 한 곳에서 맥주나 4코스짜리 중국 정통 연회(릴리 포인트에는 좋은 중식당이 있다)를 즐기십시오.

줄을 서지 않아도 되고, 식당이 미어터지지 않아 예약할 필요도 없습니다.(보너스!)

야외활동을 즐겁게 해주는 숨은 정보입니다.

(좋습니다. 독자들은 더 많은 것을 알기를 원한다.)

이 짧은 단락은 글쓴이와 독자 간의 대화를 만든다. 좋은 약속이 이루어진다. 시작 부분에서 질quality이라는 단어는 가능성이 된다. 정말로? 더 많이 말해 주세요. 사실들이 아크를 올라감에 따라 조용히quiet 와 같은 단어는 아이디어를 지탱하며 클라이맥스로 상승한다. 사람들이 없는 고독함의 보너스. 다음은 이 단락들이 아크에서 어떻게 보이는지 보여준다. 생각은 이렇게 올라간다.

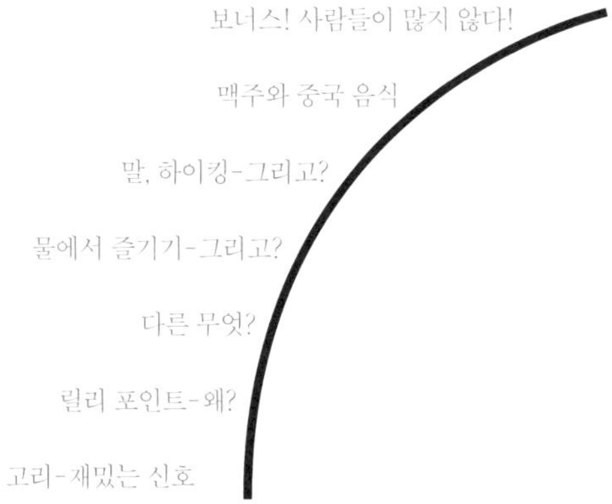

간결한 설명을 위해 광고의 첫 단락을 아크로 그렸지만, 아이디어를 이해할 수 있는 순서로 배치하여 전체 글의 내용을 아크에 고정할 수 있다.

2. 아크는 어떻게 도움을 주는가?

아크를 사용하면 좋은 점 중의 하나는 행동이 중지되거나 논리가 뒤따르지 않으면 즉시 확인할 수 있다는 것이다. 아크는 정보 제공 방법에 대한 단서를 제공한다. 아이디어가 필요한 순서대로 있는지 신속하게 알아차릴 수 있다.

아크를 그리는 가장 쉬운 방법은 종이 위에 그리는 옛날 방식이 좋다. 컴퓨터에서 나는 아크를 거의 그리지 않는데, 그래픽 상 단어 작성이 별로이기 때문이다. 아크는 여러 가지 방법으로 그릴 수 있다.

초안을 쓰기 전 빨리 개요를 작성하기 위해 아크를 사용할 수 있다. 곡선의 상향을 따라 사실에 관한 메모를 넣는다. 필요한 경우, 자료가 더 강한 순서로 놓이도록 아이디어를 이동한다. 여러분에게 어떻게 될까? 또는 증명할 수 있을까? 또는 간단하게 더 설명하라는 질문을 쏟아내는, 호기심 가득한 독자를 상상해보라. 그런 다음 생성한 상향 궤도를 따라 첫 아크를 단숨에 그린다.

또는 초안을 작성한 후 자료를 아크에 고정할 수 있다. 글쓰기를 아크 위에 구성해보면 자연스럽게 알 수 있다. 축 처지거나 적합하지 않은 것도 볼 수 있다. 이럴 경우, 그것을 던져버리거나 재작성하면서 줄에 맞추어보라.

회사 대표의 프로필을 쓰면서 회사의 역사를 넣는 그것처럼 더욱 복잡한 구성을 사용하여 글을 쓴다면, 분리된 아크 위에 각 주제에 대한 사실을 두면서 시작할 수 있다. 그런 다음 한 아크에서 다른 아크로 건너뛸 곳을 결정하라.

자문한다. 이것이 올라가고 있는가? 계속 움직이기 위해 어떤 고리를 사용해야 하는가? 이 문제가 해결되는가? 만약 이것들에 대한 답이 '아니오'라면, 주변을 움직이거나, 문장을 추가하여 독자의 마음에 있는 질문을 만들어서 답하면 된다.

[팁] 두 개의 아크와 파워포인트

아크는 시각적인 프레젠테이션에서 불꽃이 튀게 하는 데 특히 유용하다. 프로젝트에 대한 안내문을 작성한 후 두 개의 아크를 그려보자. 두 개인 이유는? 커뮤니케이션해야 하는 정보와 그 정보의 최상의 시각적인 것은 같지 않다. 하나는 연설이고, 다른 하나는 삽화이다. 분명해 보일지 모르지만, 각 아크에 대한 메모를 작성하면, 슬라이드 페이지를 쓰거나 넣기에 앞서 양쪽을 모두 상상할 수 있다. 코스를 구성할 수 있다.

첫 번째 아크에서 이렇게 자문해보라. 전반적인 요점은 무엇인가? 첫 번째 아크의 맨 아래에 이 질문을 배치해보라. 그런 다음 자문해보자. 요점을 강화하는 가장 좋은 삽화는 무엇인가? 그것은 사진, 도표 또는 다이어그램일 수 있다. 두 번째 아크의 맨 아래에 메모를 배치해보자. 다음 이야기 지점은 마지막 지점 위에 만들어야 한다. 그리고 다음 시각 자료도 마찬가지로 함께 만들어야 한다. 계속해서 자문해보라. 다음 요점은 무엇인가? 그리고 그 점에 대한 최상의 삽화는 무엇인가? 때로는 삽화 노트를 건너뛰기 전에 모든 말하기 노트를 아크 위에 올려놓기가 훨씬 쉽다. 다른 방법으로도 두루 해보자.

나중에 두루 공유할 수 있도록 직원의 개요 노트를 슬라이드에 넣기를 기대하는 회사를 위해 일한다면, 두 개의 아크는 도움이 될 수 있다. 만약 그런 문화에 빠진 자신을 발견한다면 단순히 두 개의 아크를 위한 질문을 뒤집어보라. 슬라이드 위에 나타나는 단어들의 요점은 무엇인가? 하는 질문에 대한 답이다. 여러분이 하는 말투는 이 지점에서 최상의 삽화는 무엇인가? 라는 다른 질문에 대한 답일 수 있다. 스크린에 요약된 내용을 분명하게 하는 일화나 예시를 찾아낼 수 있다.

두 개의 아크를 사용하면, 모든 사람이 볼 수 있는 스크린 위에서 단어를 반복하는 자신의 곤란한 처지를 발견할 수 없다. 또한, 질문에 답하기는 초점을 좁히고, 추가 사실을 사용하여 프레젠테이션의 중량감을 줄일 수 없도록 막아준다.

▶▶▶

[쓰기 연습] 흉터 / 문신? (15분)

이 연습은 이야기 아크에 정보를 배치하는 실습 기회를 준다. 나는 수년 전 흉터/문신 이야기를 즉시 공유한 오리건대 저널리즘 및 커뮤니케이션 대학의 톰 휠러Tom Wheeler 교수에게 빚진 바 있다.

3인치 x 5인치 카드가 필요하다. 이 작업은 스티커 메모나 종잇조각으로도 할 수 있지만, 놓은 곳에 잘 있도록 하기에는 카드가 더 유용하다. 컴퓨터에서도 이 작업을 수행할 수 있지만, 육필 메모를 사용하기가 더 쉽다.

1단계 | 흉터 또는 문신?

흉터 또는 문신에 대한 선택을 요구받았을 때 삶에서의 시간을 생각해 보라.

2단계 | 한 장의 카드에 하나의 사건 쓰기

각 카드 위에 경험에 대한 가장 중요한 사건 하나를 적어라. 엄마는 내게 자전거를 타지 말라고 경고했다. 언제 그 일이 일어났는가? 와 같은 질문에 답하라. 이른 아침. 어디 있었어? 이모 집. 누가 거기 있었지? 몇 살이야? 무엇이 사건을 시작하게 했는지? 여러분/다른 사람은 어떻게 반응했는지? 왜 그런 일이 일어났는지? 간략하게 대답해보자.

3단계 | 아크에 사건 그리기

카드를 상상의 아크 위에 정렬해보라. 이 이야기를 어떤 순서로 하고 싶은가? 처음부터 시작할 수도 있지만, 연대기일 필요는 없다. 나는 차고에서 자전거를 빼내어서 나왔다. 아니면 가장 극적인 순간부터 시작할 수 있다. 운전자가 내가 본 마지막 얼굴이었다. 그런 다음 그곳에 뒷받침이 되도록 세우기 위해 카드의 나머지 부분을 배열해보라. 몇 가지 방법을 사용해보자.

4단계 | 자유형 글쓰기(5분)

가장 좋아하는 시작을 선택하고, 시간이 정해진 글쓰기로 이야기하라.

5단계 | 다르게 시작해보기 (5분)

이제 다른 카드를 아크의 맨 아래로 이동해보라. 그에 따라 카드를 다시 배열한다. 그 시작과 함께 5분 동안 다시 자유형 글쓰기를 한다.

6단계 | 쓴 글 리뷰하기

파트너와 함께 일한다면 관찰 내용을 공유해보라. 두 이야기가 계획한 대로 아크를 올라갔는가? 사람이 평평하게 갔던 곳이었는가? 이미 가지고 있던 사건에 충실했는가, 아니면 전환기에 빠졌는가? 다른 시작은 어떻게 된 건가?

흉터나 문신을 취하는 주제는 드라마에 내재하여 있다. 개인적이다. 많은 사람의 이야기가 쉽게 펼쳐진다. 커뮤니케이션해야 할 필요가 있는 경우, 덜 치열한 글쓰기의 다른 영역에서 아크를 사용한다면, 같은 방식으로 전개될 수 있다.

▶▶▶

3. 아크는 어떻게 초점을 바꾸는가?

"흉터와 문신" 쓰기 연습에서 마지막 질문인 다른 시작은 어떻게 된 것인가? 는 가장 중요한 것 중의 하나이다. 오프닝은 이야기가 어떻게 전달되었는지 뿐만 아니라 글쓰기의 관점에 영향을 미친다. 독자들에게 약속한 것에 영향을 미친다.

가령, 문신하는 것에 관해 글을 쓴다면, 나는 겨우 17살이었다는 사실로, 아크의 맨 아래에서 시작한다. 그렇다면 이것이 철부지의 결정에 관한 이야기가 될 것이라는 조짐이 보인다. 그러나 만약 친구들을 술집에서 만났다는 것으로 시작했다면, 관점은 술 취한 무분별한 행동으로 바뀔지도 모른다. 또는 나는 그 문신 가게를 매일 지나쳤고 전에도 절대로 들어가지 않았다고 시작했다면, 탐험했던 새로운 세계의 이야기가 된다.

아크는 한 단락부터 거대한 보고서에 이르기까지 모든 종류의 정보를 기술할 수 있다. 잘 쓴 단락은 마지막부터 시작되는 각 문장으로 아크를 세운다. 차례로 그 단락들은 각각 전체 작품의 큰 아크를 따라 자리 잡는다. 글쓰기 섹션 역시 아크에 고정될 수 있다. 예를 들어, 장chapters은 책 속에서 아크를 위로 그린다.

나는 글쓰기 아크를 자연의 프랙털fractal과 같다고 생각한다. 프랙털은 점점 더 작게 또는 크게 패턴을 반복하는 비슷한 모양의 수학적 표현이다. 예를 들어, 나뭇가지가 줄기에서 자라는 것과 거의 같은 각도로 나뭇가지에서 나뭇가지가 자란다. 같은 방식으로, 앵

무조개의 패턴은 나선형 성운 은하의 별 모양의 팔과 같다. 우리는 놀라운 패턴의 세계에서 진화해 왔다. 그리고 혼돈 대신에 패턴을 더 선호한다.

아크 패턴을 생각의 혼돈에 추가함으로써 독자와 즉각적인 관계를 맺을 수 있다. 아크는 친숙하다. 우리는 독자가 구조를 모르길 바라지만 알든지 모르든지 간에 구조 안에 있을 때, 안락함을 느낀다. 그리고 그것을 사용함으로써, 글과 더불어 안락한 수준에 도달하게 된다.

4. 해결된 작가의 딜레마

20년 전, 디에나 마더 라르손Deanna Mather Larson은 남편과 함께 야생동물 서식지Menagerie Ranch라 불리는 들쭉날쭉한 모양의 1에이커쯤 되는 땅으로 이사했다. 그곳은 버려진 개와 고양이, 학대당한 말, 초라한 라마, 방랑하는 염소 등이 살고 있다.

동물과 동물의 투쟁은 마음을 완전히 사로잡았다. 디에나는 한 달에 두 번씩 지역의 NPR 라디오 방송에서 "야생동물 서식지의 이야기"라는 이름으로 자신들의 이야기를 한다. 그녀는 또한 〈옛 하우스 저널Old House Journal〉과 〈응용 임상 시험Applied Clinical Trials〉과 같이 다양한 잡지에 프리랜서로 글을 썼고, 이어서 서식지에 관한 책을 쓰겠다고 다짐했다.

그녀는 대략적인 초고를 작성했지만, 편집을 시작할 때 혹평을 받았다. "초고를 어떻게 자르는지 몰랐다. 초고에는 약간의 세밀한 서식지 삶과 자질구레한 것들이 들어있었다. 초고를 보다 단순하게 만들길 원했다"라고 그녀가 설명한다. 그녀는 초고를 던져버렸다.

그러나 동물과 동물 이야기는 계속해서 나왔다. 발정한 염소 마이티 레스터Mighty Lester는 숫염소와 떼어놓으면 울타리, 외양간, 그리고 마구간 문까지 부수고 다녔다. 플라워 앤Flower Ann이라는 돼지는 혼자서 세탁실에 자리를 잡고있었다. 그리고 바니Barney라고 있는데, 죽음의 문턱에서 구출된 고양이를 죽인 바셋 하운드basset hound●이다. 버트Bert라 이름 붙여진 흰 고양이는 영구적으로 출입할 수 없다고 바니를 가르쳤다. 사람들은 디에나에게 이 모든 동물을 다루는 법을 어떻게 배웠는지 끊임없이 물었다.

"그 시점에 또 다른 말할 이야기가 있다는 것을 깨달았다. 나는 도시에서 태어난 소녀였다. 동물들은 나에게 즉각적인 피드백을 주었다. 나는 가축의 손, 발, 때로는 치아에서 기술을 배웠다"라고 디에나는 말한다.

그런 다음 세 번째 이야기 전개가 나타난다. "사업을 한다면 세금에서 모든 비용을 공제할 수 있다는 것을 알았다"라고 디에나는 말한다. 그래서 그녀와 남편은 서식지 주인이 될 수 있고, 건초를

● 다리가 짧은 사냥개.

재배할 수 있었다. 그들이 흑자로 전환하기까지 15년의 세월이 걸렸다. 일종의 도박이었다. 그들이 그때까지 성공하지 못했다면, 상당한 액수의 감면된 세금을 갚아야만 한다. 서식지를 팔아 세금을 갚으라고 강요받겠지만, 사실 서식지는 세금을 감당할 만큼 가격이 나가지 않는다.

디에나는 책에 대해 다시 생각했다. 그녀는 어떻게 서식지 삶의 모든 가닥이 함께 뒤엉키지 않도록 할 수 있었을까? 그때 그녀는 이야기 아크에 기댔다. 이 경우에는 모든 가닥이 세 가닥이었다. 그녀는 책 전체를 세 개의 분리된 아크로 구성했다.

첫 번째 아크는 동물과 관련한 것이었다. 각각의 아크는 만족할 만한 해결책을 얻기 위해 아크를 타고 올라가는 개별적인 이야기들을 한 장章씩 구성했다. "나는 그들이 도착했을 때와 출발했을 때의 순위를 유지했다. 그것이 패턴을 개발했다"라고 디에나는 말한다.

두 번째 아크는 교육이었다. 시작할 때 풋내기였던 그녀는 결국 잡다하게 섞인 동물 가족을 다루는 지도자가 되었다. 그녀의 축적된 지식은 단계별로 차근차근 자체 아크 위에 쌓였다.

세 번째 아크에는 서식지 구매 대금 마련을 위한 투쟁을 다뤘다. 건초비 인상, 수선화 재배 및 캐시미어 울 판매는 모두 실패했다. 디에나는 서식지에서 꾸준한 수입원을 발견할 때까지 수년간 국세청의 세금 납부 마감 시한에 대한 걱정으로 한껏 긴장돼 있었다.

책 전체는 전반적인 연대기적 아크로 구성되는데, 국세청의 마감시한을 이겨내며 야생동물 서식지를 지키기 위해 취했던 15년간의 투쟁을 담고 있다. 모든 장章에서 세 개의 이야기 아크 요소들은 내포되어 있다. 서식지에서 살고 있는 동물이 메인이다. 다른 두 이야기는 지그재그로 나아간다.

처음에는 쓰기가 어려웠다면서 그녀는 "어디에서 시작해야 할지, 정점이 어딘지, 많이 고민하면서 다시 썼다."라고 말한다. 그러나 디에나는 아크에 의존하면 할수록 정보가 속해야 할 곳이 더 분명해졌다. "세 개의 아크가 있으면 더 쉽게 만들 수 있다. 그 모든 것이 함께 재미를 가져왔다"라고 그녀는 말했다.

5장

픽션의 주인공 여정에서 구조를 빌려라

이야기를 이야기할 필요가 있을 때, 자료에 압도당하기 쉽다. 어쩌면 여러분은 이웃 모임이 어떻게 시작되었는지, 또는 회사가 주요 문제를 어떻게 해결했는지, 또는 보조금은 어떻게 특정 커뮤니티에 대한 차이를 만들어냈는지 설명하라는 임무를 부여받을 수 있다. 여러분은 조사와 인터뷰를 했다. 사실과 인물들을 가지고 있다. 다음 목표는 가능한 한 신속하고 효율적으로 초안을 쓰는 일이다. 초안을 쓰기 위해 자리에 앉는다.

그리고 바로 수집한 자료에 의해 장악당할 수 있을 때이다.

좋은 시작 방법은 무엇인가? 어떤 아이디어가 부적절한가? 인터뷰의 요점은 무엇인가? 이야기 전개를 어떻게 배치할 것인가? 갑자기 모든 정보가 마비된다.

고전의 주인공 여정 패러다임을 사용하여 자료를 다듬을 수 있다. 이 스토리텔링 패턴은 허구에서 가장 많이 사용하는데, 실화를 구성하는 좋은 방법이기도 하다.

주인공의 여정은 다음과 같은 문제를 해결한다.

- 충분하게 또는 너무 많이 정보를 수집했는지 알지 못한다.
- 강력한 초점을 가지지 못한다.
- 트랙에 머무르지 못한다.
- 어떤 순서로 이야기를 해야할 지를 결정할 수 없다.
- 강력한 추진력을 유지하지 못한다.
- 이야기가 어디서 시작하여 끝나는지 알지 못한다.

1. 고전적인 주인공 여정 취하기

고전적인 허구 형식에서는 사전에 알려지지 않은 경로에서 도전에 직면하고, 평범한 삶에서 벗어나는 등장인물을 따라간다. 때로는 그렇지 않기는 하지만, 교훈을 얻고, 동맹과 적을 만나고, 그리고 장애물을 극복한다. 결국, 주인공은 종종 다른 사람에게 나누어 줄 새로운 지식을 가진 변화된 사람이 되어 되돌아온다.

주제에 대해서는 1949년에 나온 명저《천의 얼굴을 가진 영웅The Hero with a Thousand Faces》에서 조셉 캠벨Joseph Campbell은 주인공의 여정은 삶과 죽음이 실질적으로 있는 세상의 모든 문화 중 신화에서 발견된다고 지적한다. 인간이 이 구조를 인식하기 위한 것이 하드웨어에 내재하여 있다고 말하는 것은 별로 중요하지 않다. 아마도 우리의 DNA에 내장되어 있을 것이다. 그렇다면 왜 실화에서 이 친숙한 형태의 쓰기를 사용하지 않는가?

나는 보편적인 젠더 용어로 주인공hero을 사용한다. 그것은 남녀 모두를 가리킨다. 사실, 주인공은 실제 인간일 필요는 없다. 조직, 건물, 작업 프로젝트, 예술 작품, 자연 현상, 정치 운동 같은 거의 모든 대상을 주인공으로 삼을 수 있다.

이 유연성은 기업 업데이트, 기증자가 왜 지갑을 열어야 하는지를 설명하는 편지, 삶에서 특정 이벤트에 대한 블로그 게시물 등 모든 종류의 이야기에서 주인공의 여정을 사용할 수 있음을 의미한다.

만약 말할 이야기가 있다면, 이야기가 길든 짧든 상관없이 주인공의 여정은 도움이 된다.

[주인공 여정 10단계]

주인공 여정의 단계 수는 다양하지만, 단순화를 위해 나는 열 개를 선택했다. 전형적으로 허구 형태는 원 또는 시계 문자판으로 표시되는데, 주인공은 패턴을 시계 방향으로 돌린다. 7단계(어둠의 시간)는 6시 위치에서 맨 아래에 나타난다. 나는 열린 아크를 더 좋아하는데, 위로 올라가듯이 이야기를 시각화하기가 더 쉽다고 생각하기 때문이다.

10. 주인공은 교사가 된다.

9. 주인공은 궁극적인 도전에 직면한다.

8. 주인공은 믿음의 도약을 취한다.

7. 주인공은 영혼/검은 숲의 어둠의 시간을 경험한다.

6. 주인공은 정면으로 문제들을 만나고 굴복당한다.

5. 주인공은 새로운 기술과 지식을 배운다.

4. 주인공은 여정에 따라 동맹, 멘토, 적을 만난다.

3. 주인공은 도전을 받아들인다.

2. 주인공은 도전을 거부한다.

1. 주인공은 도전에 직면한다.

2. 허구에서 주인공 여정의 구조

〈스타 워즈Star Wars〉 등 수천 개의 유명 영화에서 주인공 여정을 사용했다. 조지 루카스George Lucas가 자신의 첫 장편 서사 영화를 시작하기 전 실제로 조셉 캠벨Joseph Campbell의 조언을 받았다.

〈금발이 너무해Legally Blonde〉를 이용해 10단계를 설명해보겠다. 그 영화를 좋아하든, 싫어하든 간에 〈금발이 너무해〉는 완벽하게 패러다임에 부합한다. 시나리오 작가 카렌 맥큘라 루츠Karen McCullah Lutz와 커스텐 스미스Kirsten Smith가 성실히 이 형태를 따랐기 때문이다. 10단계가 실행되는 것을 한 번 보게 되면, 실화 초안을 작성하거나 편집할 때 적용할 수 있다.

① 주인공이 도전에 직면한다.

1단계는 자극적인 사건이다. 그것은 일상적인 기대가 중단되는 지점이다. 〈금발이 너무해〉는 인기 있는 여학생클럽 회원인 엘 우즈Elle Woods는 남자친구 워너Warner가 프러포즈할 거로 생각하는 화려한 레스토랑에 도착하는 장면으로 시작한다. 손가락에 끼워진 반지는 엘의 성공적인 학부 생활의 절정이 될 것이다. 반면 워너는 하버드 로스쿨로 서둘러 떠나기에 앞서 그녀와 헤어졌다.

② 주인공은 도전을 거부한다.

서구 허구의 경우 도전의 수용에 대한 거절은 상황이 정말 안 좋을 때 주인공을 물어뜯기 위해 되돌아오는 캐릭터의 결점에 근거한다7단계. 〈금발이 너무해〉에서 엘은 라이트Right 씨와 결혼하면 자신이 지위를 얻고 사회에 공헌할 수 있다고 깊게 믿는다. 이것은 그녀 캐릭터의 약점이다. 그녀는 한 상자의 초콜릿만 먹으며 일주일간 침대에 칩거함으로써 워너를 구렁텅이에 빠지게 하려다 실패한 것에 대해 반응한다.

③ 주인공은 도전을 받아들인다.

3단계에서는 언제나 주인공의 존재 이유는 여정을 갖는 것이다. 때때로 주인공은 주어진 상황에 들어가도록 강요받는다. 때때로 주인공은 선택한다. 영화에서 주인공은 무엇이든지 할 수 있다고 들어온 세대에 속한다. 엘 역시 하버드 로스쿨에 다니면서 워너에게 되돌아가기로 한다. 일어날 것 같지 않을 가능성에 반하여 그리고 성가신 응용 비디오의 도움으로 그녀는 도전을 꺼낸다. 이것은 엘이 문지방을 넘어 다른 세계로 횡단하는 곳이다.

④ 주인공은 여정을 따라가며 동맹, 멘토, 적을 만난다.

이 단계는 요정 이야기에서 살인 미스터리에 이르기까지 많은 허구 형태를 닮았다. 하버드의 새로운 세상에서 엘은 얼빠진 매니큐어 리스트 폴레트Paulette와 첫 친구가 된다. 그녀는 또한 궁극적으로 사랑에 관한 관심과 궁합이 맞지 않은 이상한 조합의 동료 법학생 모임에 참가한다. 더 중요한 것은, 엘은 첫날 수업에서 준비가 안 되었다며 수업에서 쫓아내는 냉철한 교수와 맞닥뜨린다. 이 여자는 우리의 주인공에게서 더 많은 것을 요구하는 멘토이다.

⑤ 주인공은 새로운 기술과 지식을 배운다.

허구의 경우, 4단계와 5단계는 수시로 여러 차례 반복되고, 이기고 지는 것은 둘 다 상황을 고조시킨다. 이 두 단계는 플롯을 문제의 아크에 밀어 넣는다. 수업이 쉽거나 어려울 수도 있다. 엘 우즈는 공부하는 법, 옷 입는 법, 까다로운 교수의 질문에 답하는 법을 배운다. 그녀는 친구인 폴레트가 전 남자친구에게서 학대받는 강아지를 구출하는 데 도움을 주는 것처럼 갈등, 손실 및 작은 승리를 경험한다.

⑥ 주인공은 정면으로 문제를 만나고 굴복당한다.

모든 행동은 아크를 이 지점으로 끌어낸다. 엘과 함께 그 순간은 그녀의 첫 번째 모의재판 경험 동안에 온다. 천박한 시험 담당 법학 교수인 캘러핸Callahan이 그녀에게 수작을 건다. 그녀는 그를 호되게 질책하지만, 단지 외모 때문에 이 일을 해냈을 뿐이라고 생각한다. 그녀의 불안정한 새로운 정체성은 산산이 조각난다.

⑦ 주인공은 영혼의 어둠 시간을 경험한다.

"검은 숲"라고도 불리는 7단계는 가장 큰 고뇌 또는 고통의 시간을 탐구한다. 허구에서 이 지점은 캐릭터가 플롯을 끌어내기 때문에 모든 것을 잃어버린 순간과 종종 일치한다. 질문을 설정하는데, 어떻게 그들은 이 문제에서 벗어날 것인가? 〈금발이 너무해〉에서 엘은 자신이 올바른 사람이 되는 것은 가치가 없다고 결론짓는다. 이것은 2단계에서 그녀의 약점과 다시 연결된다. 그녀는 학교를 그만두고 매니큐어 리스트 살롱에서 폴레트와 마지막 시간을 갖고 위안을 찾는다.

⑧ 주인공은 믿음의 도약을 취한다.

'어떻게 이 문제에서 벗어날 것인가?'의 검은 숲 문제에 대한 대답은 3가지의 다른 형태를 취한다. 첫 번째 방법은 캐릭터가 내부로부터 내다보는 것이다. 가장 깊이 묻혀 있는 곳에서부터 시작된 예비 명령에 따라 프로그램을 장전하는 방법에 의한 것이다. 두 번째 가능성은 주인공이 다른 사람에게서 도움을 받는 것이다. 여정에서 만난 모든 사람을 기억할까? 또는 세 번째 선택에 따라 주인공은 더욱 센 힘이나 영감으로부터 도움을 받는다. 〈금발이 너무해〉에서 엘을 수업에서 쫓아낸 교수가 같은 살롱에서 머리를 손질하는 일이 일어난다. 그녀는 엘과 마주한다. "어리석은 녀석이 삶을 망치게 내버려 둘 작정이라면, 그 녀석은 내가 과거에 알던 그 학생이 아니다." 그것은 자매애의 발로(다른 사람들의 도움)이고, 또한, 더욱 센 권력의 사용이다. 결국, 법대생에게 교수는 더욱 강한 힘을 가진 존재이다.

⑨ **주인공은 궁극적인 도전에 직면한다.**

이것은 승리 또는 패배의 순간이다. 코미디에서 주인공은 이긴다. 비극에서 주인공은 진다. 구조는 같이 유지된다. 〈금발이 너무해〉에서 엘은 원기를 회복한다. 그녀는 저속한 법학 교수를 혼란에 빠뜨리고 법정으로 돌아가 디자이너 신발과 헤어퍼머 화학물질에 대한 지식으로 진실하게 호소함으로써 이 사건을 이긴다. 그녀는 법원 계단에서 친구들의 환호를 받는다.

⑩ **주인공은 교사가 된다.**

세계 곳곳의 많은 이야기에서 주인공은 다른 사람들과 있었던 지식과 경험을 공유하기 위해 문지방을 넘어 다시 집으로 돌아온다. 이 단계가 익숙하지 않다면, 그것은 그렇지 않기 때문이다. 문화적으로 미국인은 배움. 너머 승리를 선호하는 경향이 있다. 종종 우리의 이야기는 주인공의 여정 부분을 자르고, 그리고 이야기 전개는 9단계의 극복으로 끝난다. 그렇지만 〈금발이 너무해〉는 10단계를 포함한다. 결말의 졸업 장면에서 엘은 법률학교 역사상 가장 짧은 연설을 한다. 그녀는 학교 밖의 실제 세계를 만나기 위해 교문을 나섰다. 그녀의 '내가-지난-3년-동안-배운-바'는 설계 패턴을 완성한다.

3. 실생활에서 주인공의 여정

실화에서 이야기 전개를 주인공 여정 단계에 맞춰보자. 다음은 패턴 적용 방법에 대한 예시이다. 이 단계 중 글쓰기의 초점이 하나나 여러 개가 될 수 있음을 반드시 주목하라.

① 도전에 직면하기

작가의 경우, 자료의 일반적인 부분은 "폭풍 이전", "인터넷 이전"이나 "회사 설립 이전"과 같은 "이전"이다. 그런 다음 그것을 변경하면 어떤 일이 일어나는지를 검토할 필요가 있다. 선동적인 사건은 그 자체로 모든 이야기일 수 있다.

② 도전 거절하기

모든 주인공은 약점을 갖고 있다. 그것을 조심하라. 사람은 결함을 가지고 있고, 그룹은 의심을 품고, 움직임은 모순을 포함한다. 심지어 국가 같은 조직의 결점은 대개 창립 당시에 생긴다. 예를 들어, 미국은 철학적으로 균열한 채 설립됐다. 설립 당시의 균열에 관한 기록은 많다. 사람들은 그 궤적으로 되돌아감으로써 현재 국가가 직면한 문제들을 설명한다. 이러한 충돌 지점들을 주의하라. 드라마는 이야기를 억지로 읽도록 만든다.

③ 도전 받아들이기

정보를 수집할 때, 언제, 어떻게 도전을 받았는지 주목하라. 때때로 글쓰는 사람은 걱정이나 의심 없이 미래를 포용한다. 결정하기 전에 많은 어려움이 나타나는 때도 있다. 어느 쪽이든, 여러분의 처지에서 조금 더 파고들면 그 경로가 왜 선택됐는지 흥미로운 이유를 밝힐 수 있다. 쉬운 선택조차도 관련성이 있다. 때로는 거기에 없는 것이 있는 것보다 더 드러날 수 있다. 여러분은 그것을 지적해야 한다. 대신 쉬운 시작은 7단계의 줄 아래로 실제 괴로움의 전조가 될지도 모른다.

④ 동맹과 적 모으기

이 단계는 실화 프로필과 역사를 연구할 때 중요하다. 회사 프로필을 사용하면 조직(주인공)을 클로즈업하기 위해 줌인할 수 있고, 프로필을 작성하는 사람은 비즈니스를 빛나게 하는데, 도움이 되는 동맹이 된다. 또는, 더욱 넓은 샷으로 글쓰기를 하고 역사에서 10개의 단계 중 더 많은 것을 통합한다면, 노력이 누구와 무엇에 도움이 되는지 방해되는지 주목하는 것이 중요하다. 이 단계는 인터뷰할 필요가 있을지도 모르는 보조 플레이어를 찾는데, 도움이 된다.

⑤ 새로운 기술 습득하기

글을 쓰고 있을 때, 이 단계에서는 일이 반드시 일어난다. 실수도 있다. 지식은 얻어진다. 프로필에서 이 단계에 집중하면, 프로세스를 반복해가면서 어떻게 사람이 어렵게 일을 해내는지를 알게 된다. 사람이나 조직은 한 가지 임무를 띠고 출발한다. 그리고 일련의 이유로 다른 일을 함으로써 끝낸다. 여기가 바로 그 일이 일어나는 지점이다.

⑥ 도전과 실패에 직면하기

실생활 이야기에서 이 단계는 사람, 사업, 아이디어 또는 기관을 위한 가장 큰 도전이다. 모든 것은 이 단계에 달려 있다. 이 테스트는 시장 변화는 기업에 새롭고 예기치 못한 경쟁을 초래할 수 있다는 것과 같은 외부요인에서 발생할 수 있다. 또는 2단계에서 확인한 결함을 기반으로 내부에서 출현할 수 있다. 예를 들어, 회사는 이념적 분열을 일으킬지도 모른다. 그들은 독점 제품 또는 오픈 소스의 방향으로 나아갈 것인가?

⑦ 어둠의 시간 경험하기

실화에서 이 단계는 사람, 사업, 아이디어 또는 기관이 심각하게 위태로워질 수 있는 시간이다. 미래는 황량해 보인다. 아무것도 제대로 되지 않는다. 작가로서 이런 점들을 찾아보라. 인터뷰에서 이러한 경험에 대한 질문을 준비하고, 그리고 신중하게 경청하라. 사람들은 베일에 가려진 기간에서 어둠의 시간에 대해 말할지도 모른다. 사람들은 어떤 일이 일어났다는 것을 인정하기가 어렵다는 것을 발견한다. 모든 역사가 이 순간을 가지고 있는 것은 아니지만 대부분 역사가 그렇다. 주인공 여정의 구조를 알면 곧바로 다음 질문을 듣고 기다리고 끼어들지 않는다. 뻔뻔스러운 이야기로 보상받을 수 있다.

⑧ 믿음의 도약 취하기

이 전환점을 조사하는 것이 중요하다. 어둠의 시간에 대해 알고 있다면, 그러면 그들이 어떻게 카오스에서 나왔는지에 대한 답변을 조사와 인터뷰를 통해 발견할 수 있다. 그들은 내면의 힘, 다른 사람들의 도움 또는 더 강한 힘에 의지했는가? 모두 세 가지일 수 있다. 독자는 항상 어떻게 회복이 이루어지는지에 관심이 있다.

⑨ **도전과 승리(실패) 직면하기**

어떤 실화이든 영광의 순간이 핵심이다. 10단계의 많은 부분이 통합된 이야기에서 모든 것이 이 지점으로 모인다. 승리를 구성하는 것이 무엇인가? 독자에게 승리를 보여줄 수 있는 물리적 정교함은 무엇인가? 그것은 일련의 깜짝 놀랄 만한 통계 또는 사람이 어떻게 행동하는지에 대한 묘사일 수 있다. 순간을 전달하기 위해 목격한 흥분된 대화를 사용할 수 있다. 또는 승리를 다루는 대신, 패배, 특히 주의를 촉구하는 이야기로 보고할 필요가 있다. 그런 다음 실패한 행동의 결과를 본다.

⑩ **교사로 복귀하기**

실화에서 이 단계는 중요하다. 특히 자신의 유산을 되돌아보는 사람에 대한 글을 쓰고 있을 때 중요하다. 10단계는 사람들 자신이나 회사, 아이디어들이 어떻게 성취에 도달했는지를 반영하는 지점이다. 독자들이 다른 상황에 적용할 수 있는 콘셉트를 치워버리는 탐험을 하기 위한 곳이다. 여기서 여러분은 WIIFM을 높일 수 있다. 하나의 이야기의 특이사항을 보여주고 더 넓은 연관성과 결론을 끌어낸다.

4. 행동에 나선 주인공의 여정

회사에서 어떻게 성공적인 학교용 메뉴 계획 앱을 만들었는지를 설명하는 이야기를 써야 한다고 해보자. 다음은 주인공의 여정이 어떻게 작품을 만들 수 있는지를 보여준다. 10단계를 제외한 모든 단계가 포함된다.

> 2010년 미국 의회는 공립학교 어린이 건강과 결식 문제 해결을 위한 법안HHFK을 통과시켰다. 같은 해, 식품 서비스 상담원인 프랜시스 골드스타인Frances Goldstein은 자신이 결정에 직면하고 있음을 발견했다. 프랜시스는 30년 동안 학교의 메뉴 계획 짜는 일을 해왔는데, 지난 10년은 자신 소유의 회사 사장으로 일해 왔다. 지금 HHFK 법안은 완전히 새로운 차원의 영양 기준을 충족시키기 위해 전국에 걸쳐 시행할 예정이었다. (1단계-도전에 맞서라)
>
> 프랜시스는 두 가지 옵션을 가지고 있다. 그녀는 은퇴하고 이 새로운 규정을 다른 사람의 일로 만들 수 있다(2단계-도전을 거절하라). 또는 변화에 직면한 고객을 도와주는 소프트웨어 도구를 개발할 수도 있다. 그녀는 "마지막으로 정말 재미있는 프로젝트"를 가지고 있었다. 프랜시스는 재미있는 프로젝트를 선택했고, 완전한 메뉴 계획CMP, Complete Menu Planning 앱을 개발했다(3단계-도전을 받아들여라).
>
> 개발이 시작되었을 때, 프랜시스는 메뉴 계획을 쉽게 짤 수 있는 앱을 만들고 싶었다. 그러나 프로세스는 복잡하고 계산하기 어려웠으며, 보고하는데 많은 시간이 소모됐다.

이 앱을 위해 프랜시스와 팀은 오픈소스 개발 구조인 두루팔Drupal[●]로 하기로 했다. 그들은 2012년 6월에 시작된 초기 버전(5단계-새로운 기술을 습득하라)을 출시하기 위해 첫 번째 개발자(4단계-동맹을 모으라)에게 비용을 지급했다.

고객은 기뻤다. 그렇지만 2013년 사업 규모가 확대되면서 모든 시스템이 중단됐다. 애초 개발자들은 그들이 할 수 있는 모든 것을 쏟아부어 작업했다고 말했다. 시스템은 단순하게 더 이상의 전송량을 처리할 수 없었다(6단계-도전, 실패에 직면하라).

이것은 프랜시스가 은퇴 옵션(7단계-어둠의 시간)으로 돌아가는 것을 심각하게 고려한 지점이었다. 그렇지만 그녀는 모든 학군을 실망하게 할 수는 없다고 생각했다. 그래서 그녀와 팀은 모임을 하며 새로운 개발자를 찾기 시작했다(8단계-믿음의 도약).

그들은 하이 플라이어High Flyers에게로 왔다. 회사는 대규모 드루팔Drupal 개발 전문 회사이다. 앱을 정밀 검사하여 드루팔 6에서 드루팔 7로 이동했다. 소프트웨어를 재구성하여 급속한 증가를 처리할 수 있도록 했다(9단계-궁극적인 도전, 승리).

자, CMP 앱의 버전 2가 전국 16개 지역에서 실시간으로 공개된다. 프랜시스와 팀은 더 많은 특징과 기능을 추가하기 위해 하이 프라이어와 계속 작업한다. CMP를 통해 식품 서비스 스태프는 건강하고 맛있는 식사를 계획하고 제공하는 가장 중요한

● 아주 강력한 웹빌더/홈페이지 제작 도구다.

업무로 돌아간다.

주인공 여정의 모든 부분을 사용할 필요는 없다. 여러분이 원하는 것을 요구한다. 또 다른 예를 보자. 다음은 가상의 기증자가 묻는 편지의 시작 부분이다. 몇 개의 단어를 사용하여 익숙한 경로를 메아리치게 한다.

독신 엄마인 루신다Lucinda는 두 아이를 위해 애쓰고 있었다. 직업을 잃었을 때(1단계-도전에 직면하라), 그녀는 발아래에서 땅이 꺼지는 것처럼 느껴졌다. 고지서가 쌓였다(2단계-계속되는 도전을 거부하라). 그녀에게 찾아오는 사람이 아무도 없었다. 아무데도 갈 수 없다.
그런 다음 그녀는 우리 단체를 발견했다(3단계-도전을 받아들여라). 우리는 포옹과 커피 한 잔으로 그녀를 환영했다(4단계-동맹을 모으라). 이 얼이 빠진 엄마는 우리에게 자신의 이야기를 들려주었다. 여러분의 지원을 받는 우리는 그녀에게 식료품, 아이들 옷, 고지서를 어떻게 처리해야 하는지에 대해 상담해 줄 수 있었다(5단계-새로운 기술을 습득하라).
이제 루신다는 재정을 조절할 수 있다. 사실, 그녀는 지금 자신이 만든 지역지원 커뮤니티를 통해 다른 여성들이 같은 방법을 배우는 데 도움을 주고 있다(10단계-교사로 복귀하라). 여러분이 기부했기 때문에 뭔가 특별한 일이 일어났다.

[쓰기 연습] 여정 구성하기 (20분)

이 연습을 통해 자료를 아크 위에 체계화할 수 있다.

① 자료 모으기

이것은 대략적인 초안(무모하게 덤비는 유형), 수집한 연구 노트(미리 기획하는 유형) 또는 결합(혼합형)에서 얻을 수 있다.

② 메모에 번호 매기기

검토한 후 10개의 단계에서부터 부분과 작품에 이르기까지 번호를 부여해보라. 골똘히 생각하지 마라. 처음 마음에 아는 대로 정리하라. 연대기에 기반을 두고 결정해보라. 시작 부분에서 무슨 일이 일어났을까? 다음에는 무슨 일이 일어났을까? 나중에 말모음을 다른 번호 매기기 단계로 언제나 이동할 수 있다. 쉽게 결정할 수 없는 부분은 건너뛰어라.

③ 아크 그리기

종이의 왼쪽 아래 근처에서 시작하여 오른쪽 위 끝으로 아크를 그려라. 컴퓨터나 손으로 그리면 된다. 깔끔할 필요는 없다. 8.5인치 x 11인치 크기의 용지가 작업하기 적당하다. 자료가 많으면 더욱 많이 넣을 수 있도록 크게 그릴 수 있는 종이가 필요하다. 바깥에 쓸 여지가 많아지도록 커브의 안쪽 아크 위에 단계들의 번호를 작성하라.

④ 아크 위에 정보 위치시키기

메모를 검토한 후 10단계 중 각각의 해당 단계에 자료를 지정해보라. 번호가 매겨진 메모에서 짧은 단어로 미리 알림을 작성해보

라. 어떤 사람은 스티커 메모를 사용한다. 만약 특정 단계가 복잡해지면 해당 단계에 대한 별도의 아크를 그리고, 해당 단계와 관련된 모든 내용을 작성하라. 예를 들어, 5단계(새로운 기술 습득)에 있는 모든 것을 찾으면, 사실을 자세히 비교하고 전체 이야기에서 가장 중요한 것을 판단할 수 있다. 모든 것이 작성되면, 아직 작성하지 않은 곳으로 돌아가라. 그것들이 어디로 가야 하는지 지금 더 명확해질 수 있다. 그렇지 않으면, 그것들을 두고 떠났다가 나중에 필요할 때 가져갈 수 있다.

⑤ 초점 결정하기

몇몇 단계는 거의 자료가 없음을 알 수 있다. 두 가지 방법으로 도울 수 있다. 정보를 더 많이 수집할 수도, 이미 가지고 있는 이야기에서 초점을 선택할 수도 있다. 아직 문장을 쓰지 않았다면 케이블카문장(3장)으로 이끌 수도 있다.

⑥ 이야기에 대한 순서 선택하기

글을 연대순으로 배치할 필요는 없다. 지금 볼 수 있으면, 어디에서 시작할 것인지 결정할 수 있다. 아크의 어떤 단계에서 글쓰기를 가장 생생하게 할 수 있을까? 원하는 순서에 따라 개요 또는 다른 아크를 작성해보라. 여러 가지 방법으로 시작해보자. 이 지름길은 초안과 후속 편집 모두에서 시간과 걱정을 덜어준다.

⑦프로세스 공유 및 계속 진행하기

글쓰기 친구(12장)가 있다면, 결정한 아크의 구성에 대해 서로 이야기를 나누어보라. 파트너의 작업을 만들어내기 위한 다른 가능한 방법을 제안해보라. 혼자 글을 쓰고 있는 경우, 가능하면 하루 정도의 시간을 갖도록 해보라. 그러고 나서 새로운 눈으로 실행한 결정을 보자. 지금 당장 써보자. 선택이 더 일관된 초안으로 귀결될 것이라고 확신할 수 있다.

5. 주인공 여정으로 문제 풀기

이 장을 시작할 때 체계화되지 못한 문제로 돌아가서 주인공 여정의 패러다임이 어떻게 그 문제를 정리할 수 있는지 살펴보자.

① 충분히 또는 너무 많이 가졌는지 알지 못하는 경우

주인공 여정의 아크에 자료를 구성하면 취약한 부분을 쉽게 볼 수 있다. 비록 그것이 가지고 있는 자료 전부라 해도 이 같은 격차는 자료를 더 모아야 한다는 징후이다. 어떤 단계의 정보가 많은지 확인할 수 있다. 조사하는 것은 좋아하는데 글 쓰는 것을 싫어하는 사람이라면, 이 방법이 아주 유용하다. 똑같은 사실을 찾고 있음을 알아채면 조사하기를 그만하고 있는 것으로 꾸려나가야 한다.

② 강력한 초점을 가지지 않는 경우

10개 단계 모두가 효과적일 필요는 없다. 최고의 이야기라 해도 때로는 단지 한두 단계로 세부를 전개하는 때도 있다. 사실이 구조의 어디에 있는지를 봄으로써 초점 맞추길 원하는 곳이 어딘지를 결정할 수 있다. 그 결정은 아이디어를 가장 중요한 양상으로 좁힐 것이다. 초안을 작성하기 전에 이질적인 것을 뽑아낼 수 있다. 그것은 중요한 시간 절약 장치이다.

③ 트랙에 머무르지 않는 경우

여러분은 반복하거나 방황하지 않도록 범례를 사용할 수 있다. 사실과 관측치를 아크에 꽂으면 반복 부분을 즉시 알아챌 수 있다. 그런 다음 선택한다. 메시지로부터 멀리 떨어져 방황해도 마찬가지이다. 아크 어디에서 트랙을 벗어나는지 알 수 있다. 정보를 글에 얽히게 하기 전에 제거하는 것이 더 간단하다. 중요한 것을 빠뜨렸다는 사실을 발견하면 항상 뒤로 물러나서 아크에서 위치를 찾을 수 있다.

④ 강력한 추진력을 유지하지 못하는 경우

추진력은 드라마에서 비롯된다. 주인공 여정은 본질에서 극적이다. 4장에서 보았듯, 사실과 정보를 단 하나의 아크에 구성했을 때, 밋밋하거나 지루한 이야기에 자동으로 더 많은 긴장감을 투여하게 된다. 그리고 주인공 여정에서 10단계 각각은 당연히 갈등으로 가득 차 있는 각각의 아크로 구성된다. 불협화음을 피하려는 경향이 있는 작가들에게 있어 위기 포인트는 필요로 하는 강탈자를 줄 수도 있다.

⑤ 이야기가 어떤 순서로 이야기되어야 하는지를 결정할 수 없는 경우

구조를 시각화하면 정보의 순서를 점검할 수 있다. 뭉치들을 자유롭게 움직여보자. 만약 7단계(모두 잃어버렸다)로 시작해본다면? 그런 다음 1단계(도전에 맞서라)로 돌아가서 어떻게 문제가 발생했는지 확인할 수 있다. 그렇지 않으면 4단계(동맹을 찾아라)에는 원하는 정서적인 대가가 있다. 거기서 시작한 다음 1단계로 돌아가고, 그리고 도움을 준 동맹들이 어떻게 도전에 맞서는지를 보여주기 위해 8단계(믿음의 도약)로 향하라.

⑥ 이야기가 어디서 시작하고 끝나는지 알지 못할 경우

아크를 가지고 놀면 시작과 끝은 더욱 분명해진다. 다양한 단계 진행 과정에서의 점검으로 인해 시작에 더 초점을 두게 될 것이다. 마무리는 이야기를 제공하지 않는 모든 것을 제거함으로써 만들어진다. 최종 편집을 시작하고 중지할 위치가 어딘지 정확하지 않을 수 있지만, 이 구조로 작업하면 초안을 작성할 때처럼 선택 사항이 확고해진다.

⑦ 글쓰기가 패턴에 맞지 않으면 어떻게 할까?

일은 일어난다. 때로는 구조와 관계없을 듯한 사실을 수집하기도 한다. 주인공 여정을 알면 가지고 있는 정보가 적합하지 않다는 것을 안다. 이러한 차이는 글쓰기의 완벽한 시작을 가능하게 해준다. 종종 독자는 기본적으로 구조를 알고 있으므로 독자들의 기대감과 반하여 행동할 수 있다.

아마 여러분은 프로필을 쓰고 있을 것이지만, 그 사람은 그 방법(4단계)에 따라 도움을 준 친구나 동료의 이름을 절대로 알려주지 않을 것이다. 그 사람은 자신을 완전한 고립주의자로 본다. 주제를 통해 독자들이 가정하는 것과 정반대의 것을 강조함으로써 관심을 불러일으킬 수 있다. 그 방법(4단계)에 따라 도움이 되는 아이디어를 뒤집고, 홀로 양상을 지적해보라.

또 다른 작품을 위해 자신이나 자신의 조직(7단계)에 대한 순간이라도 추호의 의심없이, 홀로 절망하도록 하지 않는 누군가인 천박한 낙천주의자를 만날 수 있다. 이것이 맞지 않는다는 것을 알면 주변의 다른 사람에게 낙관적인 태도가 진짜인지 아닌지를 물을 수도 있다.

그런 다음 거기에 초점을 맞출 수 있다. 숨은 단점이 있다면, 그것은 이야기가 한 가지 종류라는 점이다. 모든 사람이 말하는 것처럼 햇볕이 잘 든다면 재난(7단계)에 대한 독자의 가정에 다시 이의를 제기할 수 있고, 이를 설명할 수 있다. 영원한 낙관주의에 관한 결과가 있는가?

그렇지 않으면 아마 자신의 경험에 관해 쓰고 있을 것이고, 모든 것이 패턴에 맞출 수 없을 만큼 너무 미묘하다. 인생에 대한 글을 쓸 때는 아크에 많은 섬세함을 배치하는 것에 어려움을 겪을 수 있다. 만약 그렇다면, 공감하는 가장 중요한 세 가지 사건을 고른다. 그것들이 10개의 단계 중 어디에 속하는지를 결정해보라. 그러면 여기저기로 데려다줄 여정의 어떤 부분을 조사하고 싶은지, 어떤 부분을 문장으로 요약할 수 있는지 알게 된다. 때로는 아크 위에 놓고 싶지 않은 생각, 느낌 또는 사고에 주의를 기울일지도 모른다. 좋다. 그건 하지 마라. 그러나 정보를 빠뜨린 취약한 부분을 잘 알아야 한다. 그런 공간을 찾아낸다면 정말 하고 싶은 이야기를 할 수 있을 것이다.

만약 가진 모든 것이 완전히 무작위인 것처럼 보인다면, 이야기가 아닐 수도 있다는 점을 고려해보라. 씨름한 후에 그 점을 이해하게 되는 것은 바로 지금이다. 독자들이 필요로 하는 사건을 어떻게 배치할 것인가에 대한 선택을 하려면 6장으로 가서 살펴보자.

자료가 잘 맞지 않거나 없을 때는 그 자체가 훌륭한 메시지이다. 자료를 검토해보라. 유행을 타지 않는 패턴으로 작업하고, 아크 위로 올라가고 올라가지 않는 것을 보면 초안을 꺼낼 때 시간과 노력을 덜 수 있다.

⑧ 주인공 여정은 인터뷰를 안내한다

실제 살아있는 사람을 인터뷰하는 것은 아주 많이 겁나는 일일 수 있다. 콧대, 지나친 호기심, 또는 누군가의 미개척 된 경계를 밟는 것처럼 보이고 싶지 않다. 그래서 주인공 여정을 가이드로 삼도록 해보라.

아무런 사전 준비 없이 인터뷰를 진행하지 말고 질문을 위한 기본으로 10개의 단계를 사용해보라. 귀중한 글쓰기 시간을 절약할 수 있고, 여러 인터뷰 문제가 도움이 된다.

무엇보다도, 이 구조는 자신의 방식에서 벗어나게 한다. 감정적인 문제를 다룰 때조차 덜 개인적인 어조를 갖도록 한다. 또한, 질문에 개인적 편견이 스며들도록 내버려 두지 않는다. 많은 경우 사전 탐구를 소홀히 하여 회견자가 이야기를 놓치기 일쑤다.

패러다임은 또한 간과할 수도 있는 항목을 선택하게 한다. 10단계에 한 번 익숙해지면 사람들의 무작위 반응을 인식할 수 있다. 아크에 적합한 곳이 어딘지를 정확하게 알 것이다. 글쓰기에서도 마찬가지다. 예를 들어, 4단계(동맹과 적 모으기)를 알고 있다면, 이 문제와 관련된 다른 사람들과 2차 인터뷰에 대한 조사 또는 질문을 간과하지 않을 것이다.

주인공 여정에 의지하면 역시 즉흥적인 후속 조처할 때 더 쉽게 질문할 수 있다. 재미있는 것이 나오고 더 많이 알고 싶어 해서 발생하는 계획되지 않은 질문들 말이다.

예를 들어, 학교 설립에 관해 누군가와 인터뷰하고 있다고 해보자. 이사회 구성원이 모터사이클 클럽의 리더이기도 하다는 점이 밝혀진다. 후속 조치로 그 진상에 뛰어들고 싶을 것이다. 그럼 이렇게 질문할 것이다. 언제 주행을 시작했는가? (1단계-도전에 직면하기) 아니면 모터사이클 문화와 학교 간에 공유할 비슷한 가치가 있다고 생각하는가? (10단계-교사로 복귀하기).

사람들은 종종 자신의 열정에 대해 깊이 생각하지만, 누군가가 관심을 보일 때까지는 자기 생각에 대해 말하지 않는다. 끌어내는 것은 작품의 모든 초점이 될 수 있다.

주인공 여정은 우리 모두에게 내포돼 있어서, 인식하든 그렇지 않든 익숙한 패러다임을 사용하여 주변의 것과 자신에 관한 이야기를 하는 경향이 있다. 그래서 인터뷰 질문이 이미 같은 패턴이라고 생각하는 사람들에 의해 늘 환영받을 것이라는 확신을 가질 수 있다.

⑨ 우리 삶에서 주인공 여정 오버랩하기

패턴에 대한 글쓰기의 이 모든 이야기 후에 우리 삶이 복잡하고 기발하고, 선형적인 것 외의 뭔가를 기억하는 것이 중요하다. 단일 이야기가 모델에 적합할지도 모르지만 모든 사람의 경험은 다각적이며 다차원적이다. 인간과 그들의 노력은 동시에 많은 복잡한 여정을 취한다. 누구든 무엇이든 평행 여정으로 여행할 수 있으며, 그들 각각은 다른 단계에 있을 수 있다.

노동자를 투입하는 누군가를 고려해보라. 이 사람은 새로운 세계로 향하는 문턱을 막 넘고 있다. 그 사람 뒤에는 학교 또는 훈련을 통과하는 과정인 1~3단계가 놓여있다. 그 앞에는 동맹을 모으고 기술을 습득하는 과정인 4단계와 5단계가 있다. 동시에, 새로운 노동자는 또 다른 여정을 마쳤다. 아동기와 청소년기는 끝난다. 그는 성장하면서 배우는 과정인 10단계에 도착했다. 그는 아마도 다른 많은 여정을 계속할 때조차도 남은 생애를 위한 10단계의 부분들을 말할 것이다.

글쓴이로서 이 복잡함을 이용하면 이익을 얻을 수 있다. 어떤 여행을 하는지를 알려주는 항목을 말하는 것을 기대해보라. 사람들이 동시에 진행하는 다른 경로들을 이해하라. 예를 들어, 카약을 배우는 것처럼 한 트랙에서 경력을 쌓을 수도 있고, 다른 트랙에서 시작할 수도 있다. 글을 쓸 때, 이런 요소들은 특정 특성을 설명하기 위해 서로 옆에 놓일 수 있다. 여러분은 그녀가 사업 시작 초창기에 보여주었던 것과 똑같은 고집을 부리며 카약 교습을 공격한다고 지적할 수 있다.

초안을 쓰는 것은 마치 어두운 숲속으로 행진하는 것처럼 느낄 수 있다. 그러나 만약 해야 할 이야기가 있다면, 유행 타지 않는 구조로 작업하기 위해 몇 분간의 여유를 가져라. 그게 보다 나은 글쓰기와 쉬운 편집을 하는 데 도움이 될 수 있다.

[참조] 주인공 인터뷰하기

프로필 인터뷰로 다음과 같은 질문을 만들었지만, 이야기에 덧붙여질 수 있는 무생물체, 커뮤니티, 아이디어에 관한 물음으로 쉽게 변환할 수 있다. 자신만의 질문을 만들 때 호기심을 한껏 발휘하도록 해보라. 더 많은 것을 알고 싶다면 대부분의 〈타임즈〉 독자들도 그렇게 할 것이다.

1단계 | 도전에 맞서기

- 무엇으로 XYZ를 만들기 시작하였는가?
- 어떻게 이것이 중요하다는 것을 알게 되었는가?
- 이 프로젝트에 매료되게 한 것은 무엇인가?

2단계 | 뒤집기

- 먼저 다른 길이 있었는가?
- 이것이 하기를 원했던 첫 번째 것인가?

3단계 | 도전 받아들이기

- 했던 일을 하기로 하는 데 도움 되었던 상황은 무엇인가?
- 어떻게 마음을 바꾸었는가?
- 무엇이 마침내 '예'라고 말하게 하였는가?

4단계 | 동맹, 멘토, 적 모으기

- 길을 따라가는데 누가 도왔는가?
- 누구/무엇이 당신을 봉쇄했는가?
- 누구로부터 배웠는가?
- 당신의 영향은 무엇이었는가?

5단계 | 새로운 기술 습득하기

- 어떤 전문지식을 습득해야만 하는가?
- 어떤 실수/잘못된 가정을 했는가?
- 어떻게 수정했는가?

6단계 | 정면으로 문제 맞서고 실패하기

- 가장 큰 도전/갈등을 가져온 때에 대해 말하라.
- 일이 어떻게 일어났는가?
- 무엇이 거기에 대해 선수를 쳤는가?

7단계 | 영혼의 어두운 시간.

- "이것은 일어나지 않을 것인가"를 생각할 때 시간이 있었는가?
- 무엇을 해야 하는가에 대해 심각한 의심을 가져본 적이 있는가?
- 다른 것들도 했는가? (2단계와 연결할 수도 있고 아닐 수도 있다)

8단계 | 맹신하기

- 어떻게 장애물을 피했는가?

- 문제를 푸는데 무슨 도움이 일어났는가?
- 무슨 일을 해야 하는지를 어떻게 알았는가?

9단계 | 주인공이 이기기

- 이것이 작동할 예정이라는 것을 언제 알았는가?
- 가장 위대한 성취/승리의 순간은 무엇이었는가?
- 결과적으로 무엇이 바뀌었는가?

10단계 | 주인공의 교사 되기

- 이 도전으로부터 무엇을 배웠는가?
- 다른 사람들에게 무슨 말을 했는가?
- 그때 몰랐던 것에서 지금 무엇을 알고 있는가?

6. 주인공의 여정과 정원

다음은 구조가 어떻게 곤경에서 벗어나는지를 보여준다.

잡지에 글쓰기를 하던 초창기에 나는 생활 잡지인 〈선셋Sunset〉의 편집자로부터 걸려온 전화를 받았다. 나는 오프라 윈프리의 "악몽 뒤뜰 단장 경연대회"에서 우승한 정원에 관한 기사를 배정받았다. 나는 정원을 살펴보기 위해 오리건주 포틀랜드 외곽의 교외로 차를 몰았다.

정원은 멋지게 디자인되어 있었다. 나무, 관목, 꽃, 잔디가 자연스럽게 집 뒤뜰을 두루 감싸고 있었다. 그렇지만 경연대회, 단장하기, 그리고 TV 부문은 아주 낡은 뉴스처럼 과거 거의 2년 동안에 일어났었다 "TV에서 보았듯" 오프라 효과가 있다 하더라도 〈선셋〉 독자에게는 큰 매력이 아니었다. 나는 집주인에게 내가 실망하는 모습을 보이지 않으려고 노력했다.

나는 어떤 이야기도 갖고 있지 않았다.

나는 심술궂기로 유명한 편집자에게 돌아갈 수 없었다. 우리가 가지고 있는 것이라곤 잎이 우거진 교외 마당이라고 편집자에게 말했다. 나는 결코 다른 일을 할 수 없었다.

나는 깔끔하게 풀을 깎은 잔디밭의 한가운데에 나를 괴롭히는 TV 단장이라는 사소한 사실 하나를 갖고 서 있었다. 나는 가정집의 실내 리모델링과 달리 대부분의 TV 정원은 지속하지 못한다는 것을 알았다. 통상 서두른 사흘간의 시간 틀에서 만들어지면, 단장은 장기간의 계획 없이 했기 때문에 스프링클러나 좋은 겉흙도 없이 모든 걸 망치게 되거나 공간을 너무 비대하게 만들어서 정글로 바뀐다.

이 사람은 이곳에서 살아왔다. 영원히 행복하게 살아왔다.

이제 나는 요정 이야기 같은 고리를 갖게 됐다. 그리고 요정 이야기는 주인공의 여정이다. 모든 것이 앞뒤가 딱 맞아떨어졌다.

더글러스 전나무 한 그루가 죽어 있는 슬픈 정원이 주인공이었다. 악몽 경연대회 우승은 도전이었다(1~3단계). 정원을 번성하게 하려고 신중한 작업을 한 디자이너와 건설업자는 동맹이었다(4단계). 약간의 신축성 있는 새로운 식물 재료는 지식을 얻었다(5단계).

이것이 변형적인 이야기였기 때문에 나는 통제의 은유로 신데렐라를 선택했다. 오프라는 요정의 대모가 되었다. 어둠의 숲과 되돌림(7~8단계)은 거기에 없었지만, 궁극적인 도전에 직면함(9단계)을 요약한 디자이너로부터 훌륭한 견적을 얻었다. 그는 사흘 만에 정원 단장을 했지만, 오프라 윈프리의 사람들은 '두 가지로 해야 한다'고 말했다.

정원의 변환 결과(10단계)는 디자인과 식물에 대한 묘사에서 찬사를 받았다. 물론 멋진 사진이 그 주제를 지탱했다.

그것은 내가 쓴 가장 쉬운 작품으로 바뀌었다.

"신데렐라 단장"이라는 제목을 단 이 기사는 〈선셋〉의 여러 지역판과 두 권의 책에 실렸다. 행복한 편집자는 잡지 역사상 가장 높은 독자 관심도 점수를 얻은 것 중의 하나가 되었다고 내게 말했다. 나는 〈선셋〉과 오랫동안 생산적인 글쓰기 관계를 맺었다.

우리는 방금 얘기한 내용이 주인공 여정 형태이기도 하다는 것을 알았을 것이다. 주제가 정원 단장이라 할지라도 그것은 타고난 패턴이다. 본보기가 작동한다. 그리고 만약 이 글을 읽음으로써 어떤 통찰력을 얻었다면, 우리는 함께 10단계에 도착했다.

6장

작업을 완성해주는 12개의 구조

구조STRUCTURE 섹션 이전의 장에서 기본 구조의 구성요소인 이야기 아크에 대해 다루었고, 실화 내러티브를 말하기 위해 주인공 여정에 대해 살펴보았다. 그런데 스토리텔링이 주요 목표는 아니다. 원고 청탁을 받는다면, 문제의 개요를 서술하거나, 다른 사람이 여러분의 관점을 취하도록 설득해야 한다. 사실, 인물, 뒷받침하는 정교함, 주장 및 의견을 다룬다.

이런 종류의 글쓰기는 다른 구조를 필요로 한다. 이것이 이 장에서 다루려는 내용이다. 특정 작업에 대한 10가지 기본 옵션과 2가지 보너스 본보기, 주장과 리뷰를 살펴본다.

참조에서는 글쓰기에 가장 적합한 옵션 결정을 위해 구조의 용도를 살펴본다. 주장 마무리는 편집자에게 작문 아이디어를 제공해야 할 때마다 패턴을 제공한다.

쓰기 연습은 세 가지 방식의 플롯은 첫 번째 충동을 넘어서도록 격려한다. 리뷰에서는 1마일 넓이와 1인치 깊이는, 내가 가장 싫어하는 글쓰기 구조가 얼마나 유용한지를 알려준다.

1. 혼합과 조화에 대한 구조

이 10개의 구조들(알파벳 순서)은 사건을 일관성 있는 프레젠테이션으로 조직화할 수 있도록 한다. 종종 주제에 대한 의존도에 따라, 한 유형이 다른 유형보다 더 필요성에 부합한다.

- 원인/결과(Cause/Effect)
- 연대기(Chronological)
- 분류/구분(Classification/Division)
- 비교/대조(Compare/Contrast)
- 묘사(Description)
- 역피라미드(Inverted Pyramid)
- 리스트/숫자(List/Number)
- 문제/해결(Problem/Solution)
- 질문/대답(Question/Answer)
- 순차적(Sequential)

이해하기 쉽도록 이 패턴을 10가지의 분명한 카테고리로 나누었다. 그렇지만 같은 글쓰기 꼭지에서 여러 카테고리를 혼합할 수 있다. 이 작업 방식에 익숙해지면 질수록 선택할 수 있는 것이 많아진다. 걱정하지 마라. 이 형태를 사용하는 데는 옳고 그른 방법이 없다. 만약 자료가 한 가지 형태에 적합하지 않으면 다른 형태를 사용해보라. 각각을 제안으로 생각하라. 어느 방향으로 플레이할지 결정하는 것은 여러분에게 달려 있다.

① 원인/결과

특정 사건을 특정 결과에 직접 연결할 수 있는 경우에는 언제든지 원인/결과 구조를 사용할 수 있다. 이 구조의 유형은 또한 연역적/귀납적 추론이라고 불리며, 학문 및 과학 글쓰기에 종종 사용된다.

원인과 결과를 형성하는 데는 두 가지 방법이 있다. 첫째, 원인으로 시작할 수 있다. 주어진 사실이나 상황에 대한 묘사(원인)를 배치하고, 그리고 아크를 올라가서 결론에 도달하듯이 효과로의 귀결에 따른다. 이것은 어떻게 일어났느냐? 는 질문을 검토하기에 좋다.

다른 방법은 시작을 결과로 하는 것이다. 어떤 효과를 받았느냐로 시작하고, 그러고 나서 아이디어, 논쟁 또는 왜에 대한 전제(원인)를 뒷받침하는 증거들을 세운다. 질문은 이 일이 왜 일어났느냐? 가 된다.

원인으로 시작하기의 예를 들어보자. 소비자 의학 소식지에서 있을 법한 보고서 개요이다.

예) 줄기세포는 취약점을 갖고 있다

- 밝혀지지 않은 원인 때문에 복잡한 단세포가 단순한 단세포로 되돌아간다. (원인)
- 원 위치한 줄기세포는 취약하다-암은 그 자체적으로 세포에 삽입된다. (결과)
- 암 유전자들은 대체된다. (결과)
- 암은 자라고, 육종(肉腫)은 성숙해진다. (결과)
- 압도된 세포. (효과)
- 원 위치를 위한 계기가 무엇인지 연구되어야만 한다. (결론)

② 연대기

우리가 쓰는 대부분은 연대기 순으로 되어있다. 예를 들어, 시간은 회의 메모나 무언가가 일어난 방법에 대한 설명을 지배한다. 어떤 순서로 이런 일이 일어났는가? 라는 질문에 답한다.

그러나 연대기로 작업한다고 해서 항상 직선적이고 선형적인 줄거리를 고수해야 함을 의미하지는 않는다. 타디스TARDIS●에서 닥터 후Dr. Who와 같이 주위를 뛰어넘을 수 있다. 가령, 회사 프로필의 경우, 현재에서 시작하여 과거로 돌아가고, 미래로 나아가고, 그리고 현재의 역逆 아크 맨 위에서 끝낼 수 있다. 중요한 점은 시간 이동이 논리적으로 일어나야 한다는 것이다.

다음은 비영리 무역 잡지에 나올 법한 보고서의 간단한 개요이다.

예) 비영리 출산센터의 영향력 확대

● Time and Relative Dimension in Space의 약자. 〈닥터 후〉에 등장하는 차원 초월 시공 이동 장치.

- 1982-간호 조산사로 훈련받은 센터 설립자
- 1983-설립자 출산센터 필요성 인식
- 1990-센터 오픈. 어려움-아무도 센터에 오지 않음
- 1991-혁신적 서비스 도입-가정 방문 요양 치료 제공
- 1991~1995-입소문 전파-의뢰자 증가
- 1998~2006-더 많은 독립 센터 건립
- 2006~현재-모자母子를 보살피기 위하여 병원과 지속 작업.

③ 분류/구분

이 구조를 사용하려면 카테고리로 나뉠 단일 주제를 가지고 있어야 한다. 하나의 섹션에서 같은 정보를 모두 입력할 수 있다. 그 섹션 내에서 더 많은 구분을 만들 수도 있다. 모든 주제를 다룰 때까지 패턴을 반복해보라. 다양한 출처에서 정보를 모을 필요가 있을 때, 분류하고 구분하는 것은 자료를 나누는 데 도움이 된다.

다음은 여행 웹 사이트에 대한 간단한 글쓰기 개요이다.

예) 어떤 도시에 있는 푸드 트럭에 관한 리뷰

- 정보를 어떻게 제시할 것인가에 대한 개요
- 도시 지역에 관한 확인
- 그 지역 안에서 가장 싸고 비싼 가격 분류
- 다음 도시 지역에 관한 확인
- 두 번째 지역 안에서 가장 싸고 비싼 가격 분류
- 기타

④ 비교/대조

사물, 사람, 장소 또는 사건의 유사점과 차이점을 토론하고 싶을 때 매우 적당한 구조이다. 단순하게 다양한 옵션을 살펴보든지, 어느 것이 더 좋다고 판단하든지 간에 이 구조를 두 가지 방식으로 사용할 수 있다.

첫 번째 옵션은 비슷한 모든 것을 지적함으로써 시작하고, 그러고 나서 차이점으로 이동하는 것이다. 아크의 맨 위에서 문제와 관련된 결론에 도달할 수 있다. 보란 듯이 사건을 단순하게 보고할 수도 있다. 또는 역시 다른 사람의 의견을 묻는 것으로 끝낼 수도 있다.

두 번째 옵션은 계속 진행했듯이 강점과 약점을 보여주면서 장단점 앞뒤로 이동하는 것이다. 작품 끝에서 어느 쪽이 이겼는지를 평가할 수 있다. 심지어 점수를 부여하기도 한다. 또는 아크의 꼭대기에서 작전 개시를 요구하는 사태를 추가할 수 있다. 다음은 비즈니스 블로그의 장단점과 장단점을 혼합한 개요이다.

예) 기술 회사는 저널리스트들에게 회사의 내부 업무에 자유롭게 접근하도록 허용해야 하는가?

- 장점: 그렇다. 회사에 대한 미디어의 자유로운 관심으로 귀결될 것이다.
- 단점: 아니다. 회사는 저널리스트들이 기사로 쓸 수 있는 특별한 이야기를 통제하지 못한다.
- 장점: 그렇다. 회사는 획기적인 투명성을 통해 공공의 명성을

세울 것이다.

- 단점: 아니다. 민감한 정보는 미지노선을 무너뜨리고 누출될 수 있다.

⑤ 묘사

묘사 구조는 친하지 않은 사람에게 주제를 설명하도록 하는 소개 악수와 비슷하다. 그것이 장소, 과정, 사람 또는 물건이라 해도 묘사는 누가, 무엇을, 어디서, 언제, 왜 그리고 어떻게의 모든 질문에 답한다. 이 정보를 가지고 아크에 오르는 방법을 선택해보라. 중요도 순으로 놓았는가? 사용 순서는? 연대기 순서대로? 그리고 읽는 이가 이 지식을 가질 필요가 있는지에 대하여 질문하고 그 결과에 따라 취하거나 버린다.

다음은 왜 호텔 체인 확장 가능 장소로 프랑스 아르데슈Ardèche 지역이 고려되어야 하는지에 대한 실행 가능성 있는 프레젠테이션이다.

예) 아르데슈는 우리 호텔 확장에 좋은 지역인가?

- 현 상황 소개-호텔은 정체성을 충족하는 지역으로 확장하고자 함
- 아르데슈는 관광객들이 자연 활동을 할 수 있는 곳을 많이 가지고 있음 -하이킹, 바이킹, 카누 타기 등
- 보존 지역 / 동굴 등에 대한 자연적인 매력이 있다.
- 높은 실업률-좋은 인력 확보 가능성이 높다.
- 날씨-봄과 가을엔 비가 오고 , 여름엔 거의 비가 오지 않는다.

- 주요 강에는 이미 고급 보트를 타는 고객이 있다.
- 결론-여기에 짓는 것은 가능성이 좋다.

⑥ 역피라미드

가장 중요한 정보로 우선 시작해야 할 때는 역피라미드를 사용해 보자. 이것은 신문 기사와 대부분의 이메일에서 사용하는 고전적인 형태이다. 또한, 아크 패턴을 따르지 않는 유일한 구조이기도 하다.

그 지점에 서 있는 피라미드 형태에 투영된 뉴스 기사의 단어들을 묘사해보라. 피라미드를 묘사하기에는 약간 까다롭다는 점을 인정한다. 여러분은 아마도 모래 속에 붙어있는 지점을 상상할 것이다. 가장 중요한 정보는 피라미드의 가장 넓은 부분에 있다. 뒤따르는 모든 것은 그다지 중요하지 않으며, 적은 공간을 차지한다.

역피라미드 쓰기는 가장 관련성이 높은 사건으로 먼저 독자들을 낚아챈다. 그리고 자르기는 쉽다. 과거에 뉴스가 활자체로 배치될 때, 다른 긴급 기사가 있거나 신문 광고가 많이 들어온 경우, 기존 기사는 아래에서 위로 그것들을 위한 자리를 마련하기 위해 잘릴 수 있다. 마지막 단락이 가장 불필요하다는 점을 알고 있었다.

이 구조에서는 누가, 무엇을, 왜, 어디서, 언제, 어떻게 대한 모든 질문에 답한다. 가장 중요한 것을 결정하고 그것으로부터 시작하라. 기사는 간추린 뉴스의 요약이 아니다. 가장 덜 중요한 것으로 간단히 끝난다. 다음은 비즈니스 뉴스 웹 사이트에 대한 보고서 개요이다.

예) 많은 미국인은 클럽 가입에 비용을 지급한다.

- 아마존 프라임Amazon Prime을 사용하는 미국인의 숫자 증가
- 소비자 정보 조사에 따르면, 미국인 여섯 명 중 한 명이 아마존 프라임 구매
- 지난해보다 35% 이상 증가
- 아마존 고객의 절반이 프라임 비용 지급
- 코스트코COSTCO●,회원과 거의 비슷한 숫자

⑦ **리스트 / 숫자**

역시 "리스트 형식으로 쓴 기사"로 알려진 이 친숙한 구조는 일련의 사람, 장소 또는 사물을 나열하여 정보를 조직화한다. 번호 매기기와 함께 자주 사용되는 당신이 결코 알지 못했던 10가지와 같은 유비쿼터스Ubiquitous● 잡지 기사와 블로그 게시물을 보아왔다. 만약 단일한 주제를 가지고 있다면, 중요성, 복잡성, 또는 어리석음을 항목별 순서로 정리한 정보에 번호를 매길 수 있다. 예를 들어, 유머러스한 작품이라면, 가장 좋은 조크가 아크 상단에 나타난다. 리스트/번호 기사는 자신감 없는 글쓴이조차 조직화하고 쓰기 쉬운 관점이 있다. 다음은 경력 웹 사이트에 있는 예이다.

예) 비용을 받는 외부 활동자를 위한 최적의 일 7가지.

- 개 워커Dog Walker●
- 장인의 농부

● 미국에 본사를 둔 창고형 할인 전문업체.

● 사용자가 컴퓨터나 네트워크를 의식하지 않고 장소에 상관없이 자유롭게 네트워크에 접속할 수 있는 환경.

● 주인 대신 개를 산책과 운동을 시켜주는 사람.

- 생태 관광 리더
- 외부 활동 레크레이션 가이드
- 포도원 매니저
- 산림청 경비관
- 조경사

⑧ 문제 / 해결

이 구조는 문제 해결의 필요성이 있는 독자의 강력한 관심을 끈다. 문제를 조정시키는 데 초점을 맞춘 원인/결과의 부분집합이다.

이 글은 "이 상황을 어떻게 해결할 것인가?"라는 질문을 던진다. 문제는 뒤따르는 모든 것을 유도한다. 또한, 이 문제는 어떻게 조정될 것인가? 와 같은 미스터리의 형태를 취한다. 만약 실패했던 일의 시도에 관하여 이야기를 나눈다면, 독자들은 결국 성공한 것에 대해 말할 것이다. 문제를 확인하고, 갈등에 관해 이야기하고, 해결을 향해 아크를 올라가 보자. 다음은 자사 제품을 프랜차이즈화하는 회사를 위한 프로젝트 프레젠테이션이다.

예) 우리에게 새로운 매뉴얼이 필요한 이유

- 문제: 갈등적인 정보로 가득한 프랜차이즈 웹 사이트 개발 위한 매뉴얼
- 작동하지 않는 곳의 3가지 예.
- 해결책 1: 보다 단순한 디자인 창조
- 해결책 2: 정보의 재조직화
- 해결책 3: 분쟁조정자 지정

• 결론: 행동 아이템 / 결정 가능성 요구

⑨ 질문 / 대답

일반적으로 부르는 Q&A는 질문을 제기하고 누군가가 모든 걸 이야기하는 구조이다. 간단하다. 쉬운 것처럼 보이지만, Q&A의 함정은 작품 전체가 밋밋하게 유지된다는 점이다.

먼저 질문을 받는다. 그러면 한 덩어리의 대답이 있다. 질문-한 덩어리 대답. 질문-한 덩어리 대답. 지루하다. 만약 면담자가 유명하지 않다면, 그런데 그들이 말한 것은 무엇이든 활용해야 한다면, 이 구조를 성공적으로 만드는 가장 좋은 방법은 아크를 진행하듯이 질문이 긴장감을 높이도록 집중한다.

질문은 작업을 수행한다. 글쓰기의 모양과 페이스를 통제한다. 한 아이디어에서 다른 아이디어로 논리적인 이동을 하게 한다. 중요성, 복잡성 또는 정서적 무게의 순서로 아크 위로 여행할 수 있다.

아크를 심중에 두고, 질문을 준비하라. 인터뷰 후에 그 사람의 진술 의미를 바꾸지 않는 한 관심사를 더 많이 상승시킬 수 있는 질문 / 답변으로 블록을 이동할 수 있다. Q&A가 편집된다고 언급되든 말든 그것은 출판물의 수요를 좌우한다.

인터뷰에서 면담자가 생각하지 않은 새로운 정보 덩어리를 던질 때, 후속 질문을 즉석에서 준비할 수 있어야 한다.

다음은 투자자의 소식지에서 볼 수 있는 Q&A 개요이다.

예) 성공한 기업가는 연대기 순서로 배열된 질문이 있고 미래

를 내다봄

- 10년 전, 벤처를 시작할 수 있는 용기를 준 것은 무엇인가?
- 오늘날 시장에서 훌륭한 스타트업 아이디어를 만드는 것은 무엇인가?
- 외부 투자자를 찾고 있는 다른 기업가에게 어떤 충고를 하는가?
- 비즈니스 세계가 어떻게 진화할 것인지에 대한 예측은 무엇인가?
- 가장 걱정되는 일은 무엇인가?
- 미래에 대한 바람이 무엇인가?

⑩ 순차적

단계별 프로세스에 관해 글을 써야 한다면, 순차가 구조이다. 레시피는 순차적 글쓰기의 완벽한 예이다. 정보는 독자가 선택할 필요에 따라 공개된다. 많은 글쓰기는 역시 연속적인 장면을 따라가는데, 완성된 프로젝트로 끝내기 위해 아크 위로 올라간다.

이것은 단단하고 직접적인 글쓰기이다. 독자의 목표 달성 방법에 정확하게 이바지하지 않는 것들을 제거하라.

녹슬지 않는 철강 제품을 판매하는 회사가 블로그를 운영한다고 해보자. DIY 닭장 만드는 것에 대한 콘텐츠 마케팅 기사를 쓰고 있다. 다음은 그 개요이다.

예) 동물 실험용 닭장 만드는 법

- 1단계. 자료 수집.

- 2단계. 기초 닦기.
- 3단계. 프레임 벽 세우기.
- 4단계. 창고 지붕 건설.
- 5단계. 모든 통풍구 있는 철 그물 설치
- 6단계. 모든 접합부에 부식 방지 철근 솜 채우기
- 7단계. 문/창문/실내장식 가구 설치하기
- 결론. 닭 집어넣기.

[팁] 구조 사용하기

이 리스트는 결정적인 것과는 거리가 있다. 상상력을 자극하기 위한 단순한 제안이다.

많은 종류의 글쓰기는 둘 이상의 구조에 적합할 수 있다. 예를 들어, 마케팅 전략 문서는 묘사, 연대기, 문제/해결, 역피라미드, 순차적 또는 결합의 영향을 받을 수 있다. 이 리스트는 좋은 아이디어를 연결하는 시작 지점이다.

- 원인/결과: 오피니언 글, 정보성 보고서, 역사, 학술적 글쓰기, 설득하는 논쟁, 평가 분석, 전망, 사회적 논평.
- 연대기: 역사, 프로필, 마케팅 전략, 비즈니스 계획, 부음기사.
- 분류/구분: 생산 리뷰, 회사 블로그 게시판, 가이드, 충고 칼럼, 제안, 마케팅 계획.

- 비교/대조: 제안서, 마케팅 전략, 수행 보고, 생산 리뷰, 무역 리뷰, 설득하는 논쟁, 향후 회사 계획 세우기, 학술 문서, 오피니언/사설, 마케팅과 세일 전략.
- 묘사: 세일, 마케팅, 새로운 생산/프로그램 조사, 여행 프레젠테이션, 역사, 조사 설명, 프로세스 리뷰.
- 역피라미드: 뉴스 아이템, 보도자료, 뉴스레터, 메모, 주장 편지, 이메일.
- 리스트/숫자: 블로그 게시판, 유머 글, 오피니언 글.
- 문제/해결: 회사 프레젠테이션, 조사 글, 세일과 마케팅, 평가, 제안, 블로그 게시판, 웹 사이트 콘텐츠 창조, 서비스 정보, 보충하는 법.
- 질문/대답: 정보 요약, 보고서, 프로필.
- 순차적: 핸드북, 매뉴얼, 마케팅 계획, 보충하는 법, 세일 프레젠테이션, 가이드, DIY 지침.

▶▶▶

2. 주장 마무리하기

비록 저널리스트가 아니라 하더라도, 많은 자신감 없는 글쓴이들은 편집자에게 기사 아이디어를 주장해야만 하는 곤란한 처지에 처하곤 한다. 그럼에도 자신이 업계 리더로 자리매김하기 위해서는 분야에서 화제가 되는 글을 써야 한다. 또는 소규모 회사의 신제품을 인기 있는 블로그의 손님 게시판을 통해 공유하길 원한다. 상황이 무엇이든 간에 주장은 그 자체로 특별한 예술이다.

이메일이나 스네일 메일snail mail● 이든 절정 부분을 써야 한다면, 게임에서 얻을 기회를 증가하는 세 단락 구조가 있다. 이 세 단락은 편집자에게 신속한 결정을 할 필요가 있음을 알게 해준다.

복합적인 주장을 쓴다면, 구조가 같이 유지될까를 걱정하지 말자. 나는 이 주장 구조를 편집자들과 함께 반복해서 사용해왔다. "말하라, 주장이 항상 똑같다는 것을 알고 있는가?"라고 아무도 말하지 않았다. 주장하는 사람의 필요성을 충족시키는 잘 짜인 아이디어를 가지고 있다면, 질문 빼대는 문제 되지 않는다.

① 소개

간단한 소개 글을 포함해야 한다. 인사말을 쓴 후, 왜 이 주장을 하는지 한 문장을 추가하라. '우리는 지난주 전화로 말했다'와 같은 것은 개인적인 연결에서부터 '비즈니스 인수를 자주 다루어야 하므로 이것은 독자에게 아주 적합할 수 있다'와 같이 글이 왜 출판물에 적합한지에 대한 설명에 이르기까지 그 범위는 다양하다.

② 단락 1: 고리

이 첫 단락은 흥미진진하다. 편집자에게 달려간다 해도 이 섹션은 독자를 직접 겨냥해야 한다. 기사의 오프닝처럼 쓰여 있다. 어

● 느린 일반 우편을 표현하는 용어.

떤 일이 있을지 알려주는 강력한 포인터 문장, 서너 가지 후속 아이디어, 전체 기사의 끝내기 질문이나 요약을 포함한다. 출판물의 스타일과 어조를 흉내 내고 싶다.

다음은 작가 소피아 맥도널드 베넷Sophia McDonald Bennett이 공유하고 있는 Atlantic.com의 예이다.

기술의 겉모습에 대한 나쁜 소식/좋은 소식이 있다. 실리콘밸리의 경쟁력 및 혁신 프로젝트 보고서에 따르면, 기업가들은 샌프란시스코로 이사하기 전에 두 번 생각한다고 한다. 두 가지 요소는 높은 주택비용과 장시간 통근이다. 그러나 그것은 첨단기술 붐을 유치하려는 전 세계의 중소 규모 도시에는 좋은 소식이다. 기술 회사의 매력을 끄는 축소된 대도시는 비교적 낮은 생활비, 숙련된 노동력을 양성할 수 있는 대학, 기업 인큐베이터 같은 사회 기반시설 등의 3가지 공통점을 갖고 있다. 다른 지역 사회는 어떤 교훈을 배울 수 있을까?

③ **단락 2: 결말**

이 단락은 무엇을 전달할 것인가를 말한다. 이제 어조에서 변화가 있다. 모두 여러분의 일이다. 편집자에게 곧장 이야기한다. 제목과 부제에 대한 아이디어를 포함한다. 나중에 변경될 수도 있지만, 더 적은 단어로 설명하도록 한다. 글의 길이를 제안할 수 있다. 또한, 카테고리를 지정한다. 블로그 게시물, 칼럼, 또는 특집일 수 있다. 이 글이 무엇을 하는지 요약하여 이 섹션을 마쳐라.

다음은 결말 단락의 첫 문장에 대한 본보기이다. 가장 중요한 정보를 다룰 때 적합하다. 나는 첫 문장을 단축할 방법을 찾을 수 없다. 하지만 방법을 알아낼 수 있다면, 나에게도 공유해 달라.

나의 _____(번호를 매겨라)-단어 _____(카테고리), "______" (제목과 부제), 나는 ______를(요약) ____할 것이다(동적인 동사).

이 문장을 끝내는 데 문제가 있다면, "독자들은 지금 가지고 있지 않은 것에서 무엇을 가질 것인가?"라고 자문해보라. 그것이 결말이다.

첫 번째 긴 문장을 쓴 후, 그것을 어떻게 전달할 것인지를 묘사하라. 서너 개를 넘지 않은 다른 문장으로 편집자에게 작품의 뼈대를 제공하라. 주제에 대해 더욱더 자세한 정보를 제공할 수 있다. 다루는 주요 주제 중 세 가지가 날쌔게 움직일 수 있다. 주요 출처, 관련 기사 그리고 해당한다면 사진 유용성도 포함할 수 있다.

소피아의 두 번째 단락이다.

"첨단기술 붐에서 소도시가 큰 도시와 경쟁에서 이긴 것에서 얻는 교훈"이라는 1,200단어짜리 특집 기사에서 나는 기업 집단이 설립됐거나 성장 중인 3개의 중소도시로부터의 충고를 공유할 수 있었다. 나는 콜로라도주 볼더에 있는 이그니트 볼더와 소규모 신생기업 위캔드에서 앤드류 하이드를 인터뷰했다. 영국 브리스톨에 있는 SET Squared● 를 가진 사이몬 본드Simon Bond 그리고 에스토니아 타르투Tartu의 Garage48 HUB를 가진

● SET Squared: 다섯 개 대학이 진행하는 비즈니스 창업보육 네트워크.

카드리 코빅Kadri Koivik. 나는 이 커뮤니티들이 어떻게 주요 도시 이름에 대한 인식 부족에도 불구하고 뜨거운 첨단기술을 보유한 소규모 신생기업을 끌어들였는지 설명할 것이다.

두 번째 단락 본보기는 아이디어를 테스트한다. 많은 경우에 나는 여러분이 단지 아이디어를 상상하고 있음을 안다. 여러분은 비약적인 개념을 허공에서 꺼내고 그것을 확고한 형식으로 밀어 넣으려고 한다. 그렇지만 본보기의 요구 사항을 충족시키려고 시도할 때, 생각이 아직 미완성이거나 초점이 맞지 않은 부분을 정확하게 볼 수 있다. 관점을 바꿀 수도 있다. 비틀 수도 있다. 아니면 허공에 버리고 다른 방식으로 내려오게 해보라. 이 본보기를 압축하면 시간을 절약할 수 있다. 왜냐하면, 작동하는 것을 보기 위해 전체 초안을 작성할 필요가 없기 때문이다.

④ **단락 3: 연결**

여기 다른 어떤 사람보다 왜 이것을 써야 하는지에 대해 말할 이유가 있다. 테이블 위에 자격증을 올려놓아라. 일이 발생한 곳을 나열하라. 회사 웹 사이트라 할지라도 이메일을 통해 편집자가 글을 표본할 수 있는 곳으로 연결하라.

만약 글쓰기 자격증이 없다면, 여러분은 왜 첫 번째 장소에서 주장해야 했는지 그 이유를 표현하라. 그리고 이유를 설명하는 지식을 언급하라. 만약 여러분 분야에서 더 많은 신뢰를 줄 수 있다면 교육을 언급할 수 있다. 프리랜서로서 소피아는 자신의 웹 사이트를 포함했다. 회사나 비즈니스 연락처 정보를 고수할 것이다.

나의 작업은 애틀란틱닷컴TheAtlantic.com, 지역 자립을 위한 연구소, 리사이클네이션RecycleNation, 십노스웨스트Sip Northwest, 오리건 비즈니스Oregon Business 그리고 1859년 오리건 잡지 등 24개 이상의 웹 사이트와 잡지를 망라했다. 소피아더라이터닷컴www.sophia-thewriter.com에서 부가적인 클립을 보고 나에 대한 더 자세한 정보를 찾을 수 있다.

가능한 한 단락들을 빈틈이 없게 유지해보라. 초안을 쓴 후 관계없는 것들을 잘라내 보라. 이상적으로 각 단락은 스크롤 없이 이메일 창에 맞을 것이다. 주장하는 곳을 적어도 두 곳 이상 계획하라. 그래서 만약 거절이 오거나 왔을 때, 또는 모두 침묵을 보일 때 다시 보낼 수 있다.

3. 세울 수 있는 구조들

패턴을 따라갈 때 항상 억눌린 느낌이 드는 자신감 없는 글쓴이라면, 여기에서 제공되는 구조 중 적어도 하나가 도움을 줄 수 있다. 구조에는 많은 이점이 있다.

하나는 글쓰기 과정에서 추측하기 때문에 시간과 노력을 절약할 수 있다. 또한, 구조를 사용하면 글쓰기를 덜 겁나는 작품으로 부술 수 있도록 해준다. 결국, 말모둠을 위해 단지 두 문장만 써야 함을 안다는 것은 위대하다. 그리고 그 말모둠은 만들 수 있다. 글쓰기는 생각과 형식의 명확성을 모두 얻을 것이다.

또한, 나는 구조에 대해 더 잘 알게 되길 바란다. 그러면 여기에서 다루지 않는 다른 것들에 대해서도 주목하기 시작할 것이다. 말의 세계는 글쓰기 패턴으로 가득하다. 그냥 하나를 잡고서 버텨라.

이 연습을 검토해보면, 카드의 순서를 바꾸면 구조들이 어떻게 달라지는지 알 수 있다.

주제와 형식이 잘 맞아야만 하는 것은 아니다. 실제로, 유치한 것들을 시도하라. 예를 들어, 감사 노트를 위해 역피라미드를 사용해보라. "네바Neva 이모의 선물을 잊을 수 없는 다섯 가지 이유"와 같은 네바 이모의 선물에 대해 말하기를 원하는 가장 중요한 것은 무엇인가? 최소한은 무엇인가? 또는 리스트 형식의 기사를 사용하라. 빠른 답변을 제시하고 진지한 메모에 포함될 수 있는 아이디어를 발견할 수도 있다.

아니면 아마도 네바 이모는 유머 감각을 갖고 있고, 리스트 형식의 기사를 좋아할 것이다.

이 연습은 여러분이 움직일 수 없을 때 유용하다. 그것은 정보를 갖고 놀도록 한다. 만약 항상 특정 방식으로 쓴다면, 다른 옵션을 보여줄 수 있다. 필요로 하는 구조로 쓴 글을 미세조정 하는데, 그것을 사용하라.

[쓰기 연습] 3가지 방식의 플롯 (10분)

4장의 연습과 비슷한 이 글쓰기 연습은 다른 구조를 점검해 볼 기회를 준다. 3인치 x 5인치 카드와 여러 장의 종이를 준비한다.

1단계 | 주제 결정하기

기한이 지난 감사 노트에서 연례 보고서에 이르기까지 써야만 할 뭔가를 취하라. 길면 오로지 시작하기로 작업한다.

2단계 | 카드 작성하기

각각의 카드에 하나의 정보, 하나의 사건, 말하고 싶은 것 뭐든, 담아라. 짧게 유지하라.

3단계 | 아크 그리기

아홉 가지 옵션을 위한 작업이 될 것이다. 역피라미드로 시작하기를 원한다면, 그것을 대신 그려라.

4단계 | 주제 아래에 쓰기

5단계 | 구조 선택하기

10개의 기본 체제를 준다. 주제에 어울리는 것을 선택하라.

6단계 | 카드 위치시키기

카드는 사용하는 구조에 따라 요구된다.

7단계 | 프로세스 반복하기

다른 아크 또는 피라미드를 만들어라. 다른 구조를 선택하고 카드를 다시 놓아라.

▶▶▶

4. 싫어하는 구조가 황금이 되어 나타난다

나는 다이너소어 공룡들이 지구를 배회했다는 사실이 알려진 1960년대 후반 대학에 있을 때 처음으로 구조의 가치를 발견했다.

지금은 펜실베이니아주 피츠버그에 있는 남녀공학의 채텀대학 Chatham University에는 예술이라고 하는 필수 과목이 있었다. 범위는 엄청나게 야심적이었다. 3학기 동안 20세기의 동굴 회화와 질주를 연대기 순으로 서구 문명 전체에 걸친 모든 예술적 노력을 알아보는 것이었다.

작업량은 엄청났다. 목표는 유명 예술 작품 수백 점을 성공적으로 식별해내는 것이었다. 시험은 음악 소절을 위해 스쳐 지나가는 슬라이드나 레코드 위에 바늘을 내려놓는 것처럼 구성했다. 망치기 쉬웠다. 예를 들어 윌리엄 터너William Turner, 1775~1851는 인상파로 간주하지 않았다. 그런데 그는 분명히 인상파였다.

그 모든 미친 암송 외에도 학생들은 학기마다 다섯 번씩, 모두 15회 피츠버그에 가야만 했다. 그리고 예술 행사에도 참석해야 했다. 연극, 무용, 갤러리 오프닝, 뭐든 참석했다. 그리고 각각을 위해, 우리는 "아트 카드"라고 불리는 것을 제출했다. 카드가 아니었다. 특정 4가지 질문 구조에 기반을 둔 500에서 750단어짜리 리뷰였다. 처음에 나는 형태로 쓰려고 애썼다. 그러나 얼마 후, 나는 형태를 빠르게 만들어냈다.

그런데 나는 그 수준이 두 가지인 게 싫었다. 첫 번째 불만은 광

란의 속도에 관한 것이었다. 매혹적인 예술 작품에 관해서는 실제 탐구할 기회가 없었다. 둘째로, 나의 예술 교육은 고전적인 "범위는 넓고 깊이는 얕다"였다. 나는 우리가 농담한 것처럼 "바우하우스와 개집" 간의 차이를 알고 있었다. 나는 저녁 파티에서 당황하지 않았다. 그러나 나의 지식은 어떤 주제에 대해서도 두 문장으로 끝난다.

커리큘럼에 도전하는 나의 강렬한 목소리가 그중 하나였다. 그리고 몇 년 후, 1970년대 초반의 혼란 속에서 "아트" 과정을 포기하였다.

그러고 세월이 지난 후, 가장 싫어했던 그 과정이 한편에서는 유용했음이 입증되었다. 예술 카드 구조. 무엇인가를 리뷰할 필요가 있을 때마다, 나는 그것을 가지고 있었다.

그래서 지금 나는 그 구조를 여러분에게 알려주려고 한다. 이것은 아트 카드에 대한 정확한 네 가지 질문이다. 나는 결코 그것을 잊지 않았다. 제품, 프로세스, 소프트웨어 프로그램을 리뷰하는 것을 포함하여 아트를 초월한 방법으로 확장될 수 있다. 신중하게 검토해야 하는 것이다.

① 생산자/디자이너/작가/안무가/예술가가 무엇을 하려고 노력하였는가?

대단히 중요한 주제 또는 목표를 요약한 것이다. 큰 그림이 되는 물건이다. 개인이건 팀에 의해서건 창작되었다면 실제로 일을 가져오고 싶은 충동을 느낄 것이다. 그들은 무엇을 파고들었는가?

② 그들은 그 일을 어떻게 착수했는가?

이것은 그들이 하려고 했던 것을 어떻게 성취했는지에 초점을 맞춘 묘사이다. 만약 아트 워크가 플롯을 가지고 있다면, 아무리 마음이 끌린다 해도 여기에서 윤곽을 그리지 말자. 이렇게 하면 "스포일러 경고"를 쓰지 않아도 된다. 프로세스나 제품에 대해 묘사한다면, 이 질문은 어떻게 와 왜 창조되었는지와 관련짓기 쉽다.

③ 그들은 성공했는가?

이것은 좋은 질문이다. 리뷰의 핵심이다. 아마도 그들이 한 영역에서 성공했지만 다른 영역에서는 실패했을 것이다. 결정에 도달하게 된다. 이유를 설명하고, 처음 두 질문에 대한 답변을 바탕으로 자신의 의견을 뒷받침한다.

④ 그래서 뭐?

관찰을 보다 큰 맥락이나 보다 큰 세계에 묶는 곳이 바로 여기에 있다. 이 작업이 어떻게 또는 왜 필요한지에 대한 질문에 답한다. 왜 통지를 받아야 하는가? 어떻게 문제를 해결하는가? 그게 무슨 차이를 만드는가?

바로 그거다. 오래전에 없어진 아트 카드 구조는 여전히 살아있다. 누군가가 당신 분야에서 어떤 것을 리뷰 하도록 요청하면 그것이 유용하게 되기를 바란다.

7장

퍼스널 에세이 구조를 사용하라

개인 에세이는 짐말이다. 논평 페이지, 블로그 게시물, 대학 지원서, 연설 등 온갖 종류의 글쓰기 상황을 보여준다. 왜냐하면, 이 특별한 종류의 에세이는 아주 많은 것들에 매우 유용하기 때문에 그것 자체로 하나의 장章을 가질 만큼 가치가 있다.

우선 다른 것과 개인 에세이를 구분하는 것에 대해 살펴보자. 그런 다음 말하기와 보이기 간의 차이점을 살펴보겠다. 반복하여 사용할 수 있는 간단한 개별화된 에세이 구조를 제안한다. 그 후 시간, 장소, 캐릭터 및 묘사와 같은 실화 장면의 구성요소를 살펴보겠다.

또 보여 주기와 말하기 간의 비교와 함께 뉴스란 무엇인가? 스토리란 무엇인가?를 알아본다. 쓰기 연습에서는 장면과 CSD는 간과할 수 있는 구체적인 감각 디테일CSD, Concrete sensory detail에 초점을 맞춘다. 또한, 나쁜 관점의 본보기로 에세이를 해체한다. 그리고 개인 에세이 발명에 관한 미셸 드 몽테뉴Michel de Montaigne의 먼지투성이 망토Dusty Mantle를 리뷰한다.

1. 자전적 에세이에 관하여

만약 6장을 읽었다면, 에세이는 의견, 아이디어 또는 설득력 있는 논증을 공유한다는 사실을 알았을 것이다. 그것은 또한 1인칭으로 쓸 수 있다. 하지만 그 자체로 개인 에세이라는 것을 의미하지는 않는다. 가장 기본적인 수준에서 개인 에세이와 다른 것들 간의 차이는 작가의 관점에 변화가 있든 없든 하나의 특징을 규정하는 것에 달려 있다.

대부분의 현대 에세이는 작가의 관점을 처음부터 끝까지 동일하게 유지한다. 만약 "우리 회사 앱을 사용해야 하는 다섯 가지 이유"라는 글을 쓴다면, 주제의 위치는 변하지 않는다. 비록 자료가 예기치 않은 결론을 내거나 자신의 아이디어를 혼합하여 추가하더라도 주제에 대한 태도는 동일하게 유지한다. 그것은 고정된 것이다.

그렇지만 개인 에세이(좋은 회고록)에는 시작과 끝 사이의 작가 관점에 변화가 있다. 독자와 함께 그때까지 아크를 올라간 글쓴이인 여러분은 이제 조금 다른 모습을 보게 된다. 이것은 지구를 산산조각낼 신의 출현과 같은 중요한 것이어서는 안 된다. 조용히

'아하' 하는 순간이다. 전에는 알지 못했던 생각이나 느낌에 초점을 맞출 수 있다. 미묘하다. 그러나 크든 작든 작가의 관점은 바뀐다. 관점의 변화는 개인 에세이를 다룬 모든 것에서 분리하는 것이다.

퍼스널 에세이는 또한 정의되지 않은 것에 의해 정의된다. 그곳에 있는 원근법에서 이동하는 것이 아니다. 호언장담이 아니다. 논술이 아니다. 아무리 강렬하다 해도 고백은 아니다. 글쓴이가 얼마나 많이 자기 정당화를 하든지 간에 어둠 속에서 가장 잘 사라지는 정교함을 드러내는 글쓴이의 두뇌를 통한 목적 없는 표본이 아니다. 물론, 여러분은 그 물건을 쓸(읽을) 수 있다. 나의 고객이 되어 보자. 하지만 내 관점으로는 개별화된 에세이가 하는 방식을 드러내고 공감할 수 없다.

개별화된 에세이는 기본적으로 확신, 혼란/혼돈, 그리고 변화라는 세 부분의 구조로 되어있다.

① 확신으로 시작하기

처음에는 장면을 설명하든 아이디어를 개발하든 간에 확신이 있다. 아마도 글쓴이는 무언가를 모를 수도 있지만, 알고 있다. 그 점은 확실하다. 그것이 바로 사물의 존재 방식이다.

이에 대한 용어로 "노력하지 않고 얻은 확신unearned certainty"이라는 게 있다. 이 용어는 인기 있는 교사이자 저자인 데브라 가트니Debra Gwartney가 가르치는 글쓰기 수업에서 내가 처음 들었던 문구이다.

종종 이 확신은 개인의 직접 경험에서 비롯된 것이 아닌 감정적인 특징을 지니고 있다. 예를 들면,

어머니가 늘 말씀하셨다….

또는 단순히 늘 존재했던 방식으로 무언가를 묘사할 수도 있다.

무거운 물건을 들어 올리는 기계에 강철 줄이 감겨 있다.

또는 확실하지 않은 확신은 알고 있는 반복적인 확실한 아이디어에서 비롯된다.

일요일은 다른 모든 일요일과 똑같이 시작되었다.

독자로서 우리는 이러한 오프닝 실마리를 알게 된다. 좋은 스토리텔링에서 독자들은 얻는 게 있을 것이다. 글쓴이는 경험으로 확신의 자리에서 벗어난다. 우리는 글쓴이의 어머니가 아마도 잘못될 것이라는 사실을 안다. 또는 양동이와 밧줄과 함께 기묘한 일이 일어난다. 또는 일요일은 어느 순간 나빠질 것이다. 그것이 고리이며, 우리는 고리를 가질 수 있어 행복하다.

② 혼란/혼돈으로 이동하기

이야기 전개 아크를 따라 에세이 프로세스가 진행되면서 무언가가 발생한다. 영화 대본에서 이것은 흥분되는 사건이다. 뭔가를 걷어차는 뭔가이다. 그리고 일어나는 일은 종종 더 악화되거나 복잡해지거나 중요해진다. 이것은 이야기의 핵심이며, 그 행동은 종종 혼란, 심지어 혼돈에 빠진다.

정착된 아이디어는 창밖으로 던져진다.

새 남편이 내가 차림새를 하는 동안 기다리는 것을 싫어한다는 점을 밝혀보라.

에세이가 올라감에 따라 이해관계는 고조된다.

아버지는 의사가 반복하도록 요구한 리스트를 기억하지 못했다. 나는 "원숭이, 사과, 오소리야!"라고 외쳤다.

③ 이동하기

결국, 통찰력이 바뀐다. 의식이 생긴다. 더 넓은 세계로 향하는 새로운 관계가 있다. 이 변화는 무수한 방향으로 이어질 수 있어서 마무리는 다양한 형태를 취한다.

전적으로 이전 글과 아무런 관련이 없는 새로운 생각을 소개해서는 안 된다. 이러한 글은 때때로 폭탄이라 불린다. 그러나 뱃머리에 깔끔하게 묶을 필요는 없다. 현실화가 발생할 수 있지만, 퍼스널 에세이는 해결하지 말아야 한다.

가령, 이 예에서 마감 생각은 새로운 정착되지 않은 관점과 연결된다.

내가 알고 있는 모든 것을 버려서 더 많이 안다.

때로는 시작 부분의 약속이 꼬리를 문 뱀처럼 끝부분에 나타난다. 독자는 특히 그것이 오는 것을 모른다면 이러한 연결을 찾는 것에서 기쁨을 느낀다. 가장 오래된 게리슨 케일러Garrison Keillor●의 《워비곤 호수Lake Wobegone》 이야기의 종말을 생각해 보면, 그는 오래전에 포기한 시작 부분으로 되돌아가려고 노력한다. 그렇지만 꼬리는 머리가 아니다. 결말은 처음을 반복하지 않는다. 그렇지 않으면, 왜 작품을 읽는 것이 지루한가? 오프닝 약속으로 돌아가면

● 미국 풍자작가 겸 영화배우.

글쓴이와 독자는 이제 약간 변경된 관점에서 볼 수 있다. 그녀의 경쟁적인 시어머니에 대한 두려움과 함께 열리는 이 에세이에서 마지막 줄을 읽어보자.

마침내 땀이 내 이마를 뒤덮었고 나는 그녀를 보고 미소 지었다. 우리는 소풍을 위해 앉아 있었다.

또는 아마 에세이는 저자 아담 그로프니크Adam Gropnik가 "교통 체증으로 좌회전"이라고 부르는 말로 끝날 것이다. 그것은 놀라움을 가져오거나 자투리 또는 비정상적인 연결을 만든다. 아마도 이렇게 끝날지도 모른다.

어떤 사람들은 주말을 정교한 도자기처럼 대우한다. 다른 사람들은 오히려 종이 접시를 사용하는 것이 나을 수 있다.

2. 구체적인 감각 디테일: 말하기 대 보여주기

3개의 단계로 된 구조로 시작된다. 그러나 흥미 있는 에세이를 손에 쥐게 되는 것을 보장하지 않는다. 왜? 때때로 글쓴이들은 행동으로부터 팔 길이만큼 떨어져서 독자를 붙잡는다. 무슨 일이 일어났는지에 대해 얘기할 때조차도 그들은 보여주지 않는다. 독자는 스토리 속으로 들어갈 수 없다. 나와 함께 데려가 사물이 어떻게 변했는지를 보여주자고 말함으로써 작가는 개별화된 에세이의 묵시적인 약속을 절대 이행하지 않는다. 소재가 만들어지더라도 지루하다.

여정을 독자와 함께 하는 것을 설명해주는 오래된 글쓰기 격언이 있다. "보여주되, 말하지 마라." 그것이 의미하는 바를 정의해보자.

말하기에는 중요한 곳이 있다. 자신감 없는 글쓴이로서, 할 수 있는 대부분은 말하기이다. 왜냐하면, 말하기는 설명이기 때문이다. 그것은 정보를 다량으로 만들어낸다. 사실이 평범한 것이든, 삶과 죽음에 관한 것이든 간에, 여전히 독자에게 주제에 대한 실제성, 과정 또는 의견을 전달한다. 마케팅 보고서에서 비즈니스 메모에 이르기까지 많은 글쓰기에는 정확한 말씨가 필요하다. 인용문을 사용할 수 있다. 상황에 관해 이야기할 수도 있다. 이야기를 묘사할 수도 있다. 그러나 글쓰기는 어느 정도 연민이 있다.

3일도 채 안 되어 우리는 300,000달러를 모금했다.

보여주면서 독자는 주인공, 대화 및 구체적인 감각 디테일을 포함하는 장면을 통해 데려가기 때문에 스토리의 내부로 들어간다. 보여주기는 갈등, 드라마를 갖는다. 데이터, 프로세스 또는 의견을 무시하는 것이 아니라 지금 독자가 일종의 감정적 탐구 또는 약속을 통해 독자를 연결하여 끝까지 전달할 수 있다.

동료들이 싱글거리며 지친 얼굴로 방을 둘러보았을 때, 나는 우리가 방금 쏟아놓은 것을 믿을 수 없었다. 3일 만에 300,000달러를 모금했다.

차이가 보이는가?

3. 장면 만들기: 요소

보고하기 대신 실제 장면 또는 내가 작은 장면scenelet이라고 부르는 단축 버전으로 행동을 넣어라. 독자의 시선을 사로잡는 가장 좋은 방법의 하나다. 장면을 구성하는 것이 무엇인지 알아보자.

① 장면은 시간과 공간에 기반을 둔다

"시간과 공간에 기반을 두었다." 이 인용문은 내가 데브라 가트니Debra Gwartney에게서 처음 배운 것이다. 독자는 이 인용문이 어디에 있는지 알 필요가 있다. 그것이 여러분이 말하는 첫 번째일 필요는 없지만, 너무 뒤로 미루지 않았으면 한다. 그렇지 않으면 독자는 자신들이 풍선 위에 있다고 느끼고, 행동이 허공 위를 떠돌며, 어디서 어떻게 들어오는지 확신할 수 없다.

예) 독자는 단순할 수 있다고 고려하기.

내가 어렸을 때 우리는 오하이오에 살았다.

또는 특정하게.

지난주 시골길에서 늦은 오후의 햇살은 차 앞에서 낮은 자세로 팔짱 낀 것 같은 철로 위에서 반짝거렸다.

② 장면은 시작과 중간과 끝을 갖는다

각 장면은 시작, 중간 및 끝과 함께 자체 아크를 갖고 있다. 장면 대부분은 중간에서 행동을 상승시킨다. 시작과 끝은 더 까다롭다. 가능하면 짧게 시작과 끝을 유지하고 싶다. 그러니 자문해보라. 내가 행동을 얼마나 늦게 시작할 수 있으며, 얼마나 빨리 장면에서 빠져나갈 수 있는지? 이것은 즉각성과 활력을 준다.

③ 장면은 구체적 감각 디테일을 갖고 있다

종종 CSD로 약칭되는 구체적 감각 디테일concrete sensory details은 듣고, 맛보고, 만지고, 느끼고, 경험할 수 있다. 시간 경과에 대한 감각 또한 이 범주에 속한다.

트랙 대회의 한 장면을 쓰고 있다면, 우연히 만난 모든 것을 생각해 보자. 예를 들어보자.

허벅지 아래 햇볕에 달구어진 벤치

발소리 분위기

창의 둔탁한 소리

혀 위의 건조한 단백질 바

바람에 펄럭이는 깃발

이벤트 사이의 느린 동작 권태

물론 모든 감각 디테일이 한 작품에서 똑같이 잘 작동하는 것은 아니다. 장면의 초안에서, 거기에 가능한 많은 것을 채울 수 있다. 그런 다음 케이블카문장(3장)을 지탱하는 항목을 골라 선택하고 나머지는 제거하라.

④ 장면은 즉각성을 갖는다

만약 독자에게 가깝게 그리고 개인적으로 일어나게 하려면, 의식의 필터를 제거하라. 내가 보았다I saw, 내가 들었다I heard, 내가 생각했다I thought, 심지어 내가 느꼈다I felt를 제거하라. 생생한 액션 사진으로 예들 들며 대체하라.

나는 구역질이 났다.

뭔가를 더욱더 생생하게 바꾸어라:

내 식사는 오히려 내 입속으로 되돌려질 것이라고 주장했다.

오히려 나는 쿠키가 설 구워졌다는 것을 알았다.

본 것으로 시작하려고 노력하라.

쿠키가 밀가루가 뒤덮인 조각으로 산산이 조각났다.

즉, 독자가 거리 두기를 할 때가 있다. 만약 장면이 감정적으로 어려움을 겪고 있는 경우라면 특히 그렇다. 독자는 내가 보았다I saw, 내가 들었다I heard, 내가 느꼈다I felt 등으로 경험한 바를 걸러낼 수 있다.

전복된 차로부터 5야드 떨어진 곳에서 뒷바퀴가 포장도로 위를 돌고 있는 것을 보았다. 나는 뒷바퀴의 마지막 회전이 도는 소리를 들었다.

⑤ 장면은 다양한 프레임을 보여준다

장면에서 글쓴이의 사실은 고도의 주관적인 관점에 의해 형상화된다. 작가는 카메라처럼 넓은 프레임, 중간 프레임 및 클로즈업을 보여줄 수 있다.

넓은 프레임은 행동이 발생하는 곳에 설치한다.

우리 앞에서 출렁이며 널리 퍼져 있는 데이지 꽃밭에서 말을 멈추었다.

중간 프레임은 종종 관계를 보여주며 움직인다.

우리의 지도자는 카우보이 모자 밑으로 누더기를 입고 있는 우리를 노려보았다. 그는 말끔하게 옆으로 데이지를 치면서 말발굽으로 데이지를 짓밟았다.

클로즈업 프레임은 특이한 것과 반응을 다룬다.

불행한 꿀벌은 데이지의 하얀 꽃잎에서 떨어졌는데, 날개가 햇빛에 반짝였다.

그리고 일인칭 시점의 에세이에서 할 수 없는 한 가지는 다른 사람의 머릿속에 들어가는 것임을 꼭 주목하라. 다른 사람이 생각하고 있는 것을 말할 수는 없다. 짐작할 수는 있다. 하지만 우리한테 말해야만 한다. 실제 생활과 마찬가지로 실질적으로 안으로 들어갈 수 없다. 넓은, 중간 및 클로즈업 샷 모두를 사용할 수 있다.

⑥ 장면은 주인공/캐릭터를 갖는다

보고서에서 사람을 정보원으로 취급한다. 한 장면에서 여러분과 주변 사람은 캐릭터처럼 행동한다. 그리고 여러분은 중요한 주인공이다. 만약 에세이 전체를 다른 사람으로 충당한다 할지라도, 여전히 여러분에 관한 것이다. 여러분은 스토리를 이야기하고 있다. 다른 사람도 움직일 수 있다 할지라도 관점의 변화는 여러분의 것이다.

때때로 사람들이 실생활에서 그곳에 살고 있을 때라도, 사람들을 잘라내야만 하는 경우가 있다. 캐릭터가 스토리의 요점을 지탱하지 않을 때 일어난다. 나의 학생 중 한 명이 가족이 어떻게 유명 테마파크를 방문하고, 무심코 사막 같은 부속 야외 촬영용 부지back lot에서 자신을 발견했는지에 관한 재미있는 에세이를 썼다.

글쓴이의 여동생은 가장 좋아하는 애니메이션 공주처럼 옷을 입은 한 여성이 해적과 마주하고 있는 것을 발견했다. 그 사건은 작가의 여러 형제가 목격했다. 그러나 그것들은 이바지할 것이 없으므로 결코 스토리에 출연하지 않았다.

⑦ 장면은 대화를 가진다

보고하기 또는 말하기에서 특정 인용문을 추적하여 정보를 밝히는 데 대화를 사용한다. 장면에서 사람들이 대화를 나눈다. 대화를 사용하여 동작 이동 또는 묘사를 바로 가기로 사용할 수 있다.

누군가가 말한 것은 종종 그것들에 관해 많은 것을 밝혀준다.

"여러분도 알다시피, 힐을 신으면 다리가 훨씬 날씬해 보일 것이다."라고 내 빛바랜 달리기용 신발을 응시하며 숙모가 말했다.

우리는 그녀가 눈이 예리하고 비판적이며, 의견을 너무 자유롭게 개진한다는 것을 안다. 그중 어느 것도 말할 필요가 없다. 그녀는 여러분을 위해 그것을 말한다.

여기의 기교는 사람들이 정확성을 갖고 말한 바를 기억하는 것이다. 회고록 작가들 사이에 회상된 대화에 대한 논란이 있다. 어린 시절 들었던 대화 페이지를 누가 어떻게 회상할 수 있겠는가? 나는 이것이 여러분이 기억하는 바임을 분명히 하는 한, 여러분의 기억이라고 말하는 측의 주장에 빠지게 된다. 비록 나 또한 대화를 짧게 유지하라고 제안하는데, 그렇다 해도 그것은 신빙성을 훼손하지 않는다.

그렇지만 아무것도 지어내지는 말자. 기억이 안 나면, 기억이 안난다고 그렇게 말하라. 나는 삼라만상은 논픽션 작가에게 원하는 모든 것, 더 많은 것을 제공할 것이라고 믿는다. 사실, 때때로 가공하지 않은 진리는 픽션처럼 들릴 수 있기 때문에 잘라야 한다.

스토리가 당신이 생각하는 대로 나오지 않는다고, 생각에 맞도록 조금 비틀어 보라는 유혹을 받는다면 어떻게 할까? 제발하지 마라. 대신 돌아가서 여러분이 받은 것을 재검토하라. 이렇게 말하고 싶은 이유가 있다.

강력한 진리가 팩트에 묻어 있다. 그것들은 퍼즐 조각과 같다. 다르게 조립해야 할지도 모른다. 더 좋은 스토리는 코 밑에 있을지 모르지만, 아직 눈치채지 못했다. 14년간 대학에서 강의하면서 나는 진실을 고집함으로써 에세이가 더 나빠지는 것을 보지 못했다. 그리고 실제 스토리가 발견될 때 대부분의 글쓰기가 살아난다. 진실은 울려 퍼진다.

⑧ 장면은 떠오르는 상태를 갖는다-승패

장면에서 긴장은 갈등으로부터 비롯된다. 캐릭터는 의견이나 욕구, 동기의 차이로 서로 대립한다. 때로는 날씨나 질병 같은 외부 영향이 주인공을 방해한다. 결과적으로, 캐릭터는 승리하거나 패하거나, 결국 끝에서 승리하고 중간에 거의 패한다. 자신감 없는 글쓴이가 아니더라도 많은 글쓴이가 모든 대가를 치르면서 갈등을 피하고자 한다. 그들은 갈등을 싫어한다.

그러나 캐릭터는 갈등을 필요로 한다. 장면에서 가장 마지막에 원하는 것은 평온함이다.

우리는 걸어갔다. 아름다운 날이었다. 우리는 행복했다.

갈등의 점수를 지켜라. 이 점수 지키기는 글쓰기에서 나타나지 않을지도 모르지만 누가 이기고 누가 졌는지를 아는 것은 중요하다. 그리고 왜 이기고 졌는가 하는 점이다. 이것은 스토리텔링 일부분이다.

점수를 지킴으로써, 또한 여러분이 드라마에서 활동적인 연기자인지 아닌지도 알 수 있다. 여러분은 활동적인 연기자여야 한다. 에세이가 여러분에게 일어난 끔찍한 일들에 관한 것이라면, 여러분이 아무 역할도 하지 않고 단지 희생자일 뿐이라 해도 여러분은 독자에게 스토리 속으로 들어갈 자리를 주지 않는다. 불쌍한 여러분을 제외하라. 단지 흐느껴 우는 스토리이다. 여러분의 관점에서 변화에 도달하기 위해 중개자가 있어야 한다.

⑨ 장면은 감정적 대역을 갖는다

우리는 물질세계에 살고 있다. 종종 현대 에세이에서 육체적인 것은 감정을 표현하는 대역으로 연기한다. 느낌에 관해 이야기하는 것 또는 설상가상으로 우는 것 대신 대체물에 대한 묘사와 함께 감정을 표현할 수 있다.

예를 들어, 장례식 모임에서, 낡아빠진 식탁이 방에 꽉 찬다. 하지만 그렇게 말하지 않고, 식탁에 대한 묘사는 통제(또는 청결)를 여전히 할 수 있다고 생각하는 고인이 된 할머니에 대한 작가의 감정을 나타낸다.

식탁이 식당을 가득 메우고, 할머니의 쉼 없는 청소로 무광택으로 마감을 한 식탁 표면은 만질만질했다. 아무도 식탁을 원하지 않았다.

또는 아마도 한 캐릭터가 다른 캐릭터에게 준 선물은 뒤에 있는 감정을 나타낸다. 커뮤니케이션이 안 되는 병사는 이라크에서 자신의 시간을 기리는 딸에게 위안의 한 구절을 제공한다. 그들 사이의 거대한 만灣은 잠시 가교가 된다. 한 구절은 "당신이 내가 필요할 때 거기에 있지 못해서 미안하다"라는 생각만 하고 말을 하지 않은 것을 대신한다.

때때로 에세이는 자료 대체에 집중한다. 외국에서 현지 사람을 위해 지어진 집에 관한 스토리일지도 모르지만, 작가가 집에 돌아왔을 때 미완인 채 남아 있다. 왜 끝나지 않았는가? 그 집은 서로를 염려하는 마음 따뜻한 사람들 사이의 모든 무언의 문화적 오해를 나타낸다.

⑩ 장면은 시각적으로 묘사한다

다른 사람의 덥수룩한 눈썹이나 자신의 주변 환경에 관한 디테일을 캡처하든지 간에, 여러분은 보고 있는 내용을 묘사한다. 독자가 자신이 본 영화 화면에서 그것을 보는 것이 더 어려워진다. 속속들이 알고 있거나 보았던 구절이 아니라 새로운 관찰로 말하는 디테일을 찾도록 노력하라.

[참조] 뉴스란 무엇인가? 스토리란 무엇인가?

말하는 것(뉴스)과 보여주는 것(스토리) 간의 차이

뉴스	스토리
갈등-뉴스로 보도되다	갈등-장면 등과 함께 이야기 전개를 통해 얘기된다
고리-가장 중요한 팩트	고리-사건을 조장하기
구조-역피라미드	구조-스토리 아크
팩트 전달-중요도 순	팩트 전달-행동 상승시키기
인물-자료	인물-주인공/캐릭터
인용	대화
중립적 목소리	개인적 시각/관점

4. 작은 장면scenelet으로 장면 압축하기

500단어 미만의 짧은 에세이를 쓸 때, 여러분은 전체 장면을 구축하려고 애쓰지 않는다. 그래서 작은 장면scenelet으로 압축할 수 있다. 작은 장면은 단지 몇 가지 요소만 포함한다. 여러분은 독자를 행동 속으로 끌어들이고 그것이 좋다고 부르기 위해 단지 한두 가지를 움켜잡는다.

어느 날 오후 커피숍에서…처럼 단순하게 된다.

여러분이 거기에 있다. 독자는 커피숍을 그릴 수 있다.

필요에 따라 더 많은 요소를 추가할 수 있다. 이 커피숍에 특별히 중요한 디테일이 있고, 그리고 그 디테일이 실제로 발생한다면, 그 섬세함을 밀어 넣을 수 있다. 아마 누군가가 커피숍에서 나쁜 소식

(대화)을 전한 것일 수도 있다. 아마 여러분의 손가락은 계산대 위에 쏟아진 설탕이 만든 패턴을 어떻게 느꼈는지에 대한 묘사를 사용했을 것이다. 그 행동은 여러분이 느끼고 있는 혼란에 대한 물리적 대체가 될 수도 있다.

작은 장면의 아름다움은 독자에게 아이디어와 독자 자신의 정교함을 채울 수 있는 많은 여지를 준다.

모든 장면은 이 요소를 가진다.

- 시간
- 위치
- 떠오르는 행동
- 시작, 중간, 끝
- 주인공/캐릭터
- 대화
- 갈등
- 승패
- 구체적 감각의 디테일CSD
- 프레임-넓은 샷, 중간 샷, 그리고 클로즈업
- 묘사
- 대체물-내적 느낌에 대한 물질계

① 여기에 설명을 넣어라

묘사, 배경 스토리 또는 중요한 사실을 넣을 수 있는 가장 좋은 시기는 독자가 관계를 유지하기 위해 그것들을 필요로 하는 순간이다. 여러 가지 방법을 다루었지만, 다음은 두 가지 기본 기술에 대한 설명이다.

첫 번째 방법은 사건을 행동 속으로 삽입하는 것이다. 이 사건은 이미 무엇이 설정되었는지를 설명하는 묘사일 수 있다. 다음은 장면의 시작이다.

TSA 대표단은 회색 바지, 파란 블레이저 및 소방차와 같은 빨간색 타이 차림을 하고 호텔 연회장 주위에 서 있었다.

그러나 이 사람들은 항공 안전과 아무런 관련이 없다. 그래서 다음 정보들은 그 TSA 약어를 정의하는 것이어야 한다. 이 경우 글쓴이는 기술학생협회Technology Students Association를 나타내는 것이라고 우리에게 말한다. 일단 그것이 설정되면, 장면은 대화로 나아갈 수 있다.

또는 아마도 독자는 장면이 어디로 향하는지 이해하기 위해 배경 스토리를 알 필요가 있다. 사랑하는 할아버지에 관한 에세이에서 그가 항상 그런 식이 아니었다는 것을 깨닫는 것이 중요하다. 작가는 장면에서 시작하여 할아버지 자신의 소홀한 어린 시절의 사건을 직조할 수 있다.

아버지는 아이들 모두를 공포에 떨게 했던 할아버지에게서 태어난 열 자식 중 한 명이었다.

나중에, 손녀를 돌보는 관계를 보여주는 장면 내부에서 작가는 대조를 위한 사실을 던질 수 있다.

나는 그가 할머니에게 사랑한다고 말하는 것을 결코 듣지 못했다.

[쓰기 연습] 장면과 구체적 감각디테일(CSD). (10분)

이 실제 연습은 여러분 주위에 있는 감각적인 세계로 돌려놓을 것이다.

1단계 | 장소 선택하기

커피숍, 공원 벤치처럼 사람들과 친숙한 장소를 선택한다.

2단계 | 자유롭게 CSD 쓰기.(5분)

여러분에게 올 수 있는 모든 감각적인 정보 리스트를 만든다. 시간이 끝날 때까지 계속한다.

3단계 | 장면 쓰기. (5분)

관찰에 대한 보고인 실제 장면의 시작을 지금 쓴다. 참조와 여러분이 바로 경험한 최소한의 구체적 감각 디테일 몇 개에서 가져온 장면 요소를 사용한다.

4단계 | 리뷰하기

CSD가 이야기에 무엇을 추가하는지 주목한다. 글쓰기가 어떻게 달라졌는가?

▶▶▶

중단된 이야기 전개는 잡지와 신문의 특집 기사 쓰기의 고전이다. 마찬가지로 개인 에세이에도 적합하다. 구조는 장면에서 시작하여 절벽 붕괴 순간에 이상적으로 벗어나고, 우리가 알아야 할 설명의 덩어리를 차지한다. 그것은 장면으로 화제를 끌고 가는 배경 이야기일 수 있다. 그런 다음 우리는 장면으로 다시 이동한다.

일반적으로 어느 정도 시간이 지났지만, 항상 그렇지는 않다. 그러면 행동은 다시 구축한다. 그런 다음 이야기 전개는 또 다른 긴장감에서 벗어난다. 더 많은 설명이 있다. 그것은 미래에 대한 예측일 수 있고, 또는 장면에서 행동이 왜 그렇게 되는지에 대한 설명일 수 있다.

아크 상단에서 우리는 해결책이 될 수도, 되지 않을 수도 있는 곳인 마지막 장면 1로 돌아간다. 세 장면과 두 번의 벗어나기는 짧은 에세이에 들어갈 수 있는 것에 관한 것이다. 하지만 아크를 계속 오르는 한 그것들의 수는 여러분에게 달려 있다.

해체된 이야기 전개의 예로써, 경험이 풍부한 멀티미디어 저널리스트 보니 셸턴Bonnie Shelton이 쓴 매력적인 짧은 에세이 개요가 있다. 그녀는 대학 신입생이었을 때 이 수필을 썼다. 그녀의 설명자는 두 가지 목소리로 이야기한다. 어린 시절의 장면과 어른 시절의 행동을 되돌아본다. 그녀는 세 개의 작은 장면과 두 번의 중단이 있었다.

- 장면에서 시작하기: 2학년 교실-어린이 관점.

  책상 위에서 그녀는 2학년 남학생에게서 온 구겨진 연애 쪽지를 발견한다.

  그녀는 가슴이 철렁했다.

- 이야기 전개 중단하기

  이유를 설명하기 위해 장면으로부터 점프하라-어른의 관점.

그녀는 놀림당할까 봐 걱정됐다.

그녀는 그의 관심에 당황했다.

그녀는 이 행동이 죄악이 될 수도 있다고 생각하도록 가정교육을 받았다.

- 장면으로 돌아가기: 2학년 교실.

그녀는 스파이처럼 쪽지를 삼키는 것을 고려한다.

쓰레기통에 못 쓰게 된 쪽지를 숨기는 것으로 해결하라.

그녀의 예전 남자친구가 그것을 발견하다.

그는 쪽지 속에 숨겨진 자신의 진실한 제안을 그녀에게 보여준다-25센트짜리 루비 반지.

- 이야기 전개 중단하기: 장면으로부터 탈출.

그녀는 이 가장 로맨틱한 행위의 결과를 논의한다.

그녀가 결코 이와 같은 진심 어린 선물을 다시 받을 수 없을지도 모른다는 쪽지.

- 장면으로 돌아가기: 2학년 교실.

쭈그러든 남자친구가 반지를 쓰레기통에 던진다.

보니는 이렇게 끝낸다.

하지만 그 당시 내가 생각할 수 있는 모든 것은 그것을 먹으려고 하지 않았다는 점이 좋은 일이었다.

이 설명 기술 중 하나를 사용하면, 최종 고려 사항은 타이밍이다. 이야기의 리듬 조절을 위해 설명을 사용할 수 있다. 묘사나, 사건이나, 벗어나기나 어떤 형태에서든 설명은 리듬을 더 느리게 유지한다.

그렇지만 행동이나 아이디어가 진행됨에 따라, 여러분은 사물이 함께 움직이기를 원한다. 설명을 보다 적게 사용해보라. 행동이 달아오르면 설명을 위해 떼어 놓은 독자 때문에 혼란스럽고 때로는 성가시다.

5. 자전적 에세이 해체하기

다음 에세이는 오리건주립대 글쓰기 교실 학생이었던 드로플러Droplr의 웹 개발자 닉 버나드Nick Bernard가 쓴 것이다. 가족 문제에 조명을 비추는 것이 그 문제들을 치료하는 방법이라는 일반적인 생각을 뒤집어서 사용한다. 자전적 에세이 형식을 따른다.

- 나쁜 관점

  왜 채광창을 설치하는데, 어려움을 겪고 나서 완전히 덮게 되었는지?

  나는 언제나 결혼 피로연, 침례식, 장례식에서 단지 가족들을 볼뿐이다.

  그것은 확신이다 - 늘 써왔던 방법.

  이 드묾은 주 경계선을 넘거나 비행기 여행을 해야 할 만큼 떨어진 친척들에게는 흔하지 않다. 그러나 삼촌 가이Guy와 숙모 로렐Laurel은 내가 있는 바로 그 도로에 있는 집에서 산다. 걸어서 갈 수 있는 거리이다. 그렇지만 크리스마스는 매년 우리 가족이 함께 모이도록 하려는 헛된 시도이다.

이제 독자는 이것이 가족 불안에 관한 것임을 알고 있다. 그것은 '왜?'라는 질문을 불러일으킨다. 혼란으로 시작하는 특징이 있다.

지난 크리스마스에 동생 로버트가 시애틀에서 왔다. 그는 실제 이복형제이다. 아빠가 긴 이혼 기간을 힘겹게 보내면서 싱글 대드로 그를 키웠다. 부모님은 서로 관계를 회복하려고 노력하는 중이지만 20년이 지난 지금도 모든 대화는 로버트 성장기의 고통으로 돌아가는 것과 같은 길임을 발견한다.

이것은 지금 우리가 왜 그런지에 대해 어렴풋이 알게 된 배경이야기다.

아버지 로버트와 나는 가이와 로렐의 집으로 향하는 거리로 나갔다.

우리는 지금 시공간에 바탕을 두고 있고 장면으로 이동하고 있다.

처진 현관의 낡은 애스트로터프Astroturf, 인공 잔디의 상표 이름가 교외의 집으로 온 우리를 환영했다. 삼촌은 키가 크고 숱이 많은 머리카락은 은발이다. 나는 전에 그가 입었던 것을 보았던, 바로 그 유일한 옷인 펜들턴Pendleton, 오리건주 북부 도시 셔츠를 입고 있었다. 아울러 그는 소매를 팔꿈치까지 걷어 올렸고, 카키색 바지에 갈색 페니 로퍼를 신은 차림이었다. 나는 그녀가 휴일에 즐겨 입길 좋아하는 스웨터를 자랑하는 로렐과 포옹했다.

가이가 나의 손을 꽉 잡아 악수했고, 내가 이미 사교모임을 약속했는지 물었다. 나는 그에게 하지 않았다고 말하자 자신의 대학 시절에 관한 다른 장광설을 늘어놓기 시작했다. "사교모임이 어떤 여자를 사귈 수 있는 유일한 방법이라는 것을 알기까지는 많은 시간이 걸리지 않았다. 그리고 맥주도. 소녀와 맥주… 나는 기숙사에 있는 그 광장을 버리고 절대 돌아보지 않았다."라고 그가 말했다.

섬세함과 불편한 대화를 표현하는 것은 말할 수 없는 불편한 감정을 대체하는 행동인 장광설이라는 단어에 의해 힌트를 얻는다. 그것은 이해관계를 상승시킨다.

나는 그 광장에 있는 사람 중 한 사람이고, 특히 남학생 사교모임 운영방식에 의해 거절당했다. 그래서 나는 그의 말에 어떻게 답해야 할지 결코 확신할 수 없었다. 그러나 결국, 그것은 우리의 이데올로기가 충돌되는 곳에 있는 많은 양상 중 유일한 하나였다. 나는 가이가 나더러 군대에 가라고 괴롭히지 않는 저녁 식사를 할 수 없을 것을 알았다.

이 배경 사연 설명은 감정적 긴장을 끌어올린다. 갈등이 일어나고 있다.

우리는 모두 주방을 통해 줄지어 들어갔고, 가이는 거실 천장에 있는 둥근 유리 채광창 같은 집에 새로 추가된 것에 대해 주의하도록 당부했다. 가이가 그 모든 것이 어떻게 작동하는지 설명했다. "그들은 지붕에 구멍을 내고 천장까지 반사율이 높은 금속 튜브를 단다. 자연스럽게 빛이 들어오도록 해라." 라고 그가 자랑스럽게 말했다.

"햇볕이 지름 10에서 12인치 안에 들어온다. 그러나 여러분은 가이가 보다 큰 모델을 가져야만 한다는 것을 안다."라고 로렐이 말했다.

이것은 캐릭터 노출 대화이다.

"좋아 보여."라고 아빠가 말했다.

"모든 방을 밝게 비추어요."라고 로버트가 동의했다.

"램프 하나 살 수 없었어요?"라고 내가 물었다.

다른 사람들의 예의 바른 발언에 직면해서 글쓴이는 통렬한 비난을 싸움으로 몰아간다. 그는 무시당한다. 이 글쓰기 속도에서 일시중지이다. 그런 다음 이야기는 한 단계 올라간다.

로렐이 침묵을 깨기 전까지는 방은 잠시 조용했다. "글쎄, 솔직히 말해서, 나는 그것들이 일종의 그늘을 만들었으면 좋겠다. 빛이 드는 시간이 너무 많다."라고 그녀는 인정했다.

글쓴이가 삽입한 디테일을 말하는 것은 친척들에게 자신의 감정에 대해 많은 것을 보여준다. 그것은 또한 또 다른 일시중지이다. 하지만 이제 문제는 도입되었다. 스토리는 다시 눈금을 새긴다. 비록 그것이 작을지라도 행동이 아크의 상단으로 이동하고 있다.

가이는 "젠장, 대부분의 시간 동안 우리는 온통 색 도화지를 붙였지."라고 웃으면서 말했다.
나는 그것이 의미하는바 모두를 취하려고 노력했다. 누가 채광창 설치의 어려운 일을 떠맡겠는가, 그럼 가려버려?
삶을 개선하겠다는 이 약속이라는 구절은 채광창이 가족과의 관계를 더 좋게 만들기 위해 노력하는 아이디어의 대체재로 작동하기 어렵다.
늦은 오후의 하늘 위로 지붕에 있는 실제보다 좋게 보이는 구멍을 통해 모두가 응시했다. 나는 숙모와 삼촌에 대해 생각하고, 왜 일 년에 두 번씩 서로를 볼 수밖에 없었는지를 생각하려고 노력했다. 나는 형제 로버트를 보고 왜 내가 그를 거의 알지 못하는지 궁금해했다. 나는 아버지를 조사했고, 그들 중 둘이 간신히 20년 동안 살았던 것이 누구의 잘못인지 질문했다.
이 모든 것은 우연히 발생하지 않았다. 이모와 삼촌은 언덕을 걸어 내려와 내게 올 수 있었다. 나는 로버트에게 전화를 걸 수 있었다. 아빠는 그를 불렀다. 어쨌든, 내가 로버트를 볼 수 있는 가장 빠른 것은 다음 크리스마스였다. 그런데 할머니가 돌아가시거나 아니면 그 일에 앞서 사촌 케이트Cate가 결혼하면 가이와 로렐을 볼 수 있다.
이것은 깨달음의 순간이다.
나는 머리를 뒤로 젖혔다. 나의 눈은 한참이나 햇볕이 쨍쨍 내리쬐는 것을 어렵게 곁눈질했다. 검은색 건축용 종이의 작은 모서리가 여전히 유리의 가장자리에 걸려 있었다. 가이가 올라와서 그 구멍에 새로운 시트를 붙였다. "나쁜 빛이 못 들어오게 해야겠다"라고 그는 말했다.

나의 눈은 힘을 빼졌다. 오, 훨씬 좋아졌다.

채광창은 문제에 대한 관점을 비추는 은유가 된다. 작은 변화는 작가가 가족과 동의할 때 완성된다. 어둠 속에 물건들을 그대로 두자.

개인 에세이는 많은 상황에서 효과적일 수 있다. 독자에게 가까이 다가갈 수 있게 해주기 때문에 매력적인 형태이다. 더 큰 작품 안에 예로써 여러분의 사연을 사용하든지, 그렇지 않으면 여러분의 관점에서 조직의 사명에 관해 이야기할 기회가 있든지 간에, 이 일꾼이 헛간에서 빠져나올 기회를 찾아보라.

6. 미셸 드 몽테뉴의 칙칙한 망토

에세이가 발명되었을 때 일어났던 거대한 변화에 대해 알고 있다면, 개인 에세이에는 지각의 작은 변화를 포함하고 있음을 결코 잊지 못할 것이다. 그렇다. 미셸 드 몽테뉴Michel de Montaigne는 앉아서 전반적인 새로운 글쓰기 방법을 만들었다. 그리고 그것은 에세이의 현재 인기를 고려할 때 역사에서 생각하는 것보다 훨씬 더 뒤로 가서 일어났다.

나는 저자 화이트E. B. White의 "에세이스트The Essayist"를 읽고서 몽테뉴에 처음 관심을 가졌다. 글쓰기와 씨름하던 중, 화이트는 글쓰기 벽장 뒤쪽에 "약간 좀약 냄새가 나는" 미셸 드 몽테뉴의 망토가 걸려 있는 것을 발견하고는 환호를 느꼈다. 에세이를 쓰려고 하는 사람은 누구나 몽테뉴에게 일정한 빚을 지고 있다.

그는 프랑스 보르도Bordeaux에서 1533년에 태어났으며, 1592년에 죽었다. 아버지의 고집에 따라 학자들의 언어인 라틴어를 모국어로 사용하면서 자랐다. 변호사로 훈련받고 시장의 지위를 얻었지만, 대부분의 인생을 자신의 영지에서 글을 쓰면서 보냈다.

그는 떠들썩한 시대에 살았다. 르네상스 시대의 놀랄 만한 의식 전환은 지중해에서 시작해 북쪽으로 100년 동안 쓰나미처럼 유럽을 뒤덮고 있었다. 사람들의 인식은 급격하게 변하고 있었다.

그림이 이룩한 혁신을 보면서 이러한 변화를 볼 수 있다. 중세 그림은 탈구되어 제자리에 있지 않은 이상한 마루, 작은 도시, 그리고 거대한 아기 예수를 묘사했다. 예술가들이 자연스러운 현실에 눈이 멀게 된 것은 아니다. 그것은 중요한 속성이 아니었다.

역사적으로 눈 깜짝할 사이에, 그림은 더욱 자연스러운 세계를 표현하는 것으로 변모했다. 원근감과 피사체 심도가 중요했다. 갑자기 궁전의 평평한 천장에 그려져 마치 조각된 돌로 만든 난간이 관객의 머리 위로 올라가고 있는 것처럼 보였다. 미켈란젤로는 시스틴 예배당의 천장에서 내려다본 현실적인 다리 이미지를 포함했다. 모두 종교적이지 않은 새로운 주제가 예술가와 후원자 모두를 장악했다.

몽테뉴는 이러한 의식의 변화를 글쓰기에 가져 왔다.

그 당시의 고전적이고 현대적인 글쓰기는 대부분이 라틴어로 되어있는 수사학, 논증 및 담론의 형식적인 엄격한 규칙을 취했다. 그러나 그것은 몽테뉴가 원했던 것이 아니다. 그는 머리를 신중히 굴려보며 자기 생각과 감정을 조사하기를 원했다. 객관적인 진리가 아닌 개인적인 발견이라는 결론에 이르기를 원했다. 그는 라틴어가 아니라 공통 프랑스어로 썼다. 그는 글쓰기를 프랑스 동사 to try로부터 따와 수상록essays이라고 이름 붙였다.

몽테뉴의 글쓰기는 다양한 주제를 다루지만 대부분 하나의 형식을 따른다. 그는 생각이나 관찰로 시작한다. 그는 그것의 측면을 탐구한다. 주제는 교회가 보았던 것이 아니라 철학자들이 보았던 것조차도 죽음의 측면에 대한 변이가 있었지만, 피할 수 없는 자와 관련하여 어려움을 겪었다. 결국, 아무것도 해결되지 않았지만 뭔가 아직 조명이 켜져 있다. 급진적이다.

몽테뉴의 발명은 르네상스 시대로 글쓰기를 가져왔다.

이제 나는 자신감 없는 글쓴이들이 몽테뉴의 칙칙한 망토를 벽장 안쪽 깊숙이 두고 싶어 한다는 것을 안다. 그러나 결코 에세이를 쓰지 않더라도 몽테뉴에게서 가치를 얻을 수 있다. 글쓰기는 사회를 반영한다. 트윗, 이모티콘, 밈, gif 및 그 이상으로 빠르게 재창작되는 커뮤니케이션 세상에서 새로운 혁신에 주목하는 것이 좋다. 변화가 일어난다.

제 3 부

편집하라

EDIT

시배스천 바바리토Sebastian J. Barbarito는 이 인용문으로 유명하다. "평범함과 탁월함의 차이는 정교함에 관한 관심이다."

글쓰기 입장에서, 나쁜 글쓰기와 좋은 글쓰기의 차이점은 편집에 있다고 한다. 한 번 쓰는 것만으로는 충분하지 않다. 그렇지만 편집은 다른 기술의 집합이다. 여러분이 작성한 내용이 이메일만큼 짧거나 영원함만큼 긴 그것과 관계없이, 가장 혼란스러운 브레인 덤프● 초안이라도 작성해볼 필요가 있다.

이제 여러분은 단어를 형성하고 있다. 만약 더 필요하다면 틈을 메우고 필요한 정보를 꿰맬 수 있다. 만약 너무 많으면, 생각이 글의 형태를 가질 때까지 싹둑 자르고, 주변을 움직여서 물건을 움직이고, 여기저기를 팽팽하게 죈다.

● 단순한 질문에 대해 상투적인 대량의 응답.

특정 기법과 기교가 편집 과정을 훨씬 쉽게 할 수 있다. 이 책의 편집EDIT 섹션에서는 단계별 시리즈를 소개한다.

8장에서는 큰 그림 편집에 관한 것을 다룬다. 자료들을 훑고, 내용을 재정렬하고, 주요 아이디어를 확인하는 것과 같이 고차원적으로 변경하는 순간이다. 9장은 초안을 빠르고 강하게 만드는 4가지 편집 도구를 설명하여 미디엄 집중 편집을 줌인zoom in한다. 10장에서는 독자를 올바른 방향으로 안내하는 중요한 요약인 포인터 문장에 대해 더욱 자세하게 설명한다. 포인터 문장을 이미 가지고 있다면 더 좋게 만드는 방법을 찾아볼 것이다. 빠진 부분이 있으면 가장 명확하고 간결한 정보를 제공할 수 있는 팁을 제공한다. 마지막으로, 11장에서는 최종 마무리 작업에 필요한 까다로운 디테일 및 복사 편집을 위한 클로즈업 대조표를 제공한다. 자, 그럼 준비하고, 설정하고, 편집해보자.

8장

긴 관점 편집으로 아이디어를 일렬로 맞추어라

글쓰기에서 편집으로 옮길 때 모자를 바꾼다는 말이 있다. 그 과정은 정말 다르다. 비록 글을 쓰는 것과 동시에 편집한다 하더라도, 작업 사이를 오가야 하듯 두뇌의 다른 부분을 사용하여 앞뒤로 움직인다.

그렇지만 최근 나는 그 두 모자가 어떻게 생겼는지 궁금해졌다. 머리 한쪽으로 치우친 밝은색의 수제 니트 베레모처럼 글쓰기 모자를 그렸다. 모자는 지저분하고 가려운 느낌이지만 잘 착용했다. 여러분의 것은 어떤가? 편집 모자와 어떻게 다르게 보이는가? 내 것은 깔끔하게 차단된 펠트 글로슈[•]이며, 주위에 조심스럽게 짙은 리본이 달려 있다. 그 모자에는 많은 제한이 있다.

그렇다면 왜 모자에 관해 걱정하는가? 때로는 그림이 실제 이 두 프로세스를 정의하는데, 도움이 될 수 있다.

이 장에서 여러분은 편집 순간에 이르렀다. 전에 여러분은 생각을 실세계로 가져온 이야기꾼이었다. 이제는 비판적인 편집자이다. 마치 다른 사람이 여러분의 일을 쓴 것처럼 행동하도록 허락받았다.

두 개의 팁과 함께 포괄적인 개요 편집에서 안내하는 네 가지 주요 단계를 살펴볼 예정이다. 첫째, 좋은 편집자가 공유하는 5대 덕목은 여러분 스스로 취할 수 있는 질을 다룬다. 둘째, 스파게티 가닥의 분류는 초안에서 한 가지 이상의 주요 글쓰기 아이디어가 끝났을 때 할 일을 정리할 수 있도록 도와준다. 쓰기 연습은 3장에서 중요한 2분간 무거운 짐 짊어지기를 덜어낸 것이다. 실제 리뷰에서는 저자 로즈마리 오스틀러Rosemarie Ostler는 시간과 노력을 절약하는 신속한 초안으로부터 여러 개의 스토리 아이디어를 추출하기 위해 큰 그림 편집 기능을 사용한다.

1. 일보 전진을 위한 일보 후퇴

큰 그림 편집은 초안을 만드는데 사용한 방법 중 네 가지를 다시 논의한다. 첫째, 선택한 형식이나 구조에 맞는지를 확인하기 위해

● 모직이나 털을 압축해서 만든 부드럽고 두꺼운 천으로 만든 종 모양의 여성용 모자.

WIIFM(1장)을 살펴본다. 둘째, 주제와 관점 둘 다에 대한 케이블카문장(3장)을 다시 살펴본다. 다음으로, 아크(4장)가 여러분을 위해 어떻게 작동하는지 살펴본다. 마지막으로, 우리는 최대한의 효과(3장)를 내기 위해 오프닝을 다시 다룰 것이다.

초안 사이에 스스로 시간을 주자. 나는 실생활에서 여러분이 늘 흔들릴 여지를 많이 가지지 않았다는 것을 알고 있다. 분명히 이메일을 정리하고 있다면, 빨리 움직여야 한다. 그러나 첫 번째 글과 마지막 글 간의 차이가 도움이 될 것이다. 이상적으로 작품이 중요해지면 질수록, 휴식 시간이 더욱더 길어진다. 이 일시중지는 글쓰기 작업이 얼마나 걸리는지에 대한 여러분의 전반적인 추산에 포함되어야 한다.

두려움에서 마침내 억지로 써야 할지라도 미룰 필요가 있다고 말하는 학생이 많이 있었다. 그들은 글쓰기가 더 긴급하다고, 글을 보다 빨리 풀어낼 수 있다고 믿었다. 아마도 그것이 어떤 사람에게는 효과적이다. 그러나 더 좋은 방법이 있다. 초고를 작성하고 그런 다음 미루어라. 문제를 더욱 쉽게 해결할 수 있다.

내 경험에 비추어 보면, 실제 글쓰기를 처음 시작했다면, 작업이 멈춘 후에도 마음은 눈치를 채지 않게 계속 진행하고 있다. 산책하거나 샌드위치를 먹는 동안, 유일한 단서는 자투리 생각일 수 있다. 내가 두 단락을 뒤집으면 어떻게 될까?

스쳐 지나가는 새로운 아이디어를 적어두기 위해 나는 작은 노트를 가지고 다닌다. 전화기도 역시 활용한다. 그렇게 하면, 생각이나 말 또는 문장이 머리에 떠오르면 재빨리 포착하게 된다.

그래서 15분이든, 점심시간 또는 며칠이 걸리더라도 편집자의 눈을 갖고 다른 방식으로 사물을 볼 수 있는 충분한 호흡 공간을 만든다. 당황해서 쓰는 것보다 훨씬 적게 노력해도 된다.

① 큰 그림 편집을 위한 준비

큰 그림 편집을 위해 나는 종이에 직접 교정을 볼 수 있도록 초안의 복사본을 출력하는 것을 좋아한다. 컴퓨터 화면보다 편안하게 작업하려면 거기에 메모를 추가하라. 어느 쪽이든, 다시 쓰기를 시작하기 전에 아래에 요약된 네 가지 단계를 모두 수행하는 것이 좋다.

교정을 마치면 종이(또는 화면)에 많은 표기가 있을 것으로 기대한다. 내가 오리건주립대 저널리즘 대학에서 가르칠 때, 학생들은 수정된 종이를 돌려받고 당황했다. 비록 내가 초안을 채점하지는 않았지만, 모든 변화는 힘들어 보였다. 그러나 나는 그들에게 메모에 대해 생각해 보라고 말했다. 내가 돌려준 메모지에 표시가 3개 이상 있다면 학생들은 매우 안 좋은 상황이다. 대신, 첫 편집 생각을 지침으로 사용해보자. 거기에 도착하는 방법에 대한 더 많은 지침을 준다면, 보물이든 아니든 목적지에 가는 길을 찾을 수 있다.

4단계를 거쳐 큰 그림 편집으로 들어가 보자.

② WIIFM을 높이기

WIIFM은 모든 독자가 대답하기를 원하는 가장 기본적인 질문인 What's In It For Me을 축약한 것이다. 1장에서 다룬 WIIFM에 대한 아이디어를 다시 고민하고, 작품을 높게, 중간, 낮게 WIIFM

의 등급을 매겨보라.

이것은 쓰려고 했던 것과 나오는 결과물이 같은지를 볼 수 있는 쉬운 방법의 하나다.

예를 들어, 어떤 나라의 특정 지역 날씨 추세에 대한 역사를 썼다고 해보자. 정원사들에게 어떤 식물이 자라는지를 알려주는 게 목적이다. 그렇지만 화씨 90도가 넘는 날이 90일 연속되는 놀라운 날씨 패턴은 정원사에게 어떤 식물이 좋을지 말할 요점을 얻지 못한다. 그것은 심각하게 낮은 (그러나 수정 가능한) WIIFM이다.

만약 낮은 WIIFM으로 끝나면 상황을 완전히 바꿀 두 가지의 옵션이 있다. 때로는 다른 사람과 그것에 관해 이야기하는 것이 도움이 된다. 그들은 조언하지는 말아야 한다. 단지 무엇을 쓰고 있는지에 대한 여러분의 설명을 들어야 한다. 그들은 또한 여러분이 말한 단어를 적어주며 도움을 줄 수 있다.(이 테크닉에 관한 더 많은 정보를 얻으려면 12장을 참조) 또는 휴대전화에 녹음할 수 있다. "내 아이디어가 어떻게 독자의 문제를 해결할 것인가?"라는 질문에 초점을 맞춘 빠른 자유로운 글쓰기는 또한 여러분을 다시 정상궤도에 들어서게 한다.

2. 케이블카 틈 조심하기

여러분이 쓰기 시작할 때 케이블카문장을 만드는 것이 도움이 된다. 그러나 여행 또는 고생하는 처지에서 다시 그 케이블카를 타는 것은 날카로운 편집의 열쇠이다. 큰 그림 편집의 하나로 케이블카문장을 다시 논의하여 초기 아이디어가 글쓰기와 일치하는지 확인해보라.

처음 쓸 때 케이블카문장을 만들지 않았다면, 이제는 케이블카문장을 만드는 완벽한 시간이다.

_______(주제)에 관한 나의 _______(글쓰기 카테고리)에서 나는 (관점)를 말하고 있다.

① **카테고리 점검하기**

카테고리는 메모를 쓰든 그렇지 않든 언제나 간단하다. 하지만 편집 과정 중에 선택한 구조와 어조가 글쓰기 범주에 적합한지를 신속하게 확인하는 데 도움이 된다.

② **주제 검토하기**

시작한 주제가 여전히 실제 초안에서 작성한 주제인지 확인하라. 대부분은 그렇지만 항상 그런 것은 아니다.

가령, 회사의 납품 일정 변화에 관해 쓰는 것을 의미할 수도 있다. 그러나 이제는 일정 자체보다는 오히려 시간표가 왜 바뀌었는지에 대해 작성했음을 알게 된다. 애초의 케이블카 개념으로 돌아감으로써, 의도와 실제로 쓴 내용의 차이를 확인할 수 있다.

③ **관점 검토하기**

실제 초안이 존재하므로 관점을 다시 보자. 글쓰기 요점이 초안과 같은지를 확인하라. 가끔 글쓰기와 케이블카문장이 일치하지 않는 경우가 있다.

가령, 왜 직원들이 일련의 특정 프로토콜을 따라야 한다는 관점을 가진 지시문을 써야 할지도 모른다.

새로운 프로토콜에 관한 지시문에서, 나는 왜 우리가 그것을 채택해야 하는지에 대한 세 가지 중요한 이유가 있다고 말한다. 그러나 글을 쓰고 나면, 관점이 옆으로 간 것임을 알게 된다. 프로토콜을 따르는 방법에 관해 썼다. 이유에 대한 언급은 단지 한 가지만으로 일련의 단계를 거쳤다. 의도와 집행은 줄지어 있지 않다. 그러나 케이블카문장은 그 불균형을 볼 수 있으므로 역할을 끝냈다.

3. 초안으로 관점 맞추기

케이블카문장과 실제 작성한 문장 사이의 차이를 발견하면, 글을 변경할 것인가 케이블카문장을 변경할 것인가를 선택한다.

지시문에서 애초의 관점과 일치하도록 돌아가서 복사본을 다시 쓸 수 있다. 그런 경우 말도 안 되는 원인인 다른 두 개의 왜why를 추가할 수 있다.

다른 가능성은 케이블카문장을 다시 작업하는 것이다. 샌프란시스코 북쪽 파웰 가Powell Street의 케이블카에서 내려 캘리포니아 가California Street를 가로지르는 동쪽으로 진입하는 것과 같다. 둘 다 여러분을 따라 움직일 것이다. 그러나 새로운 것은 다른 방향으로 간다.

이 경우, 입문서는 직원의 규정 준수를 장려하는 데보다 유용하다는 것을 깨달을 것이다. 그래서 관점을 바꾸어보자.

새로운 프로토콜에 관한 나의 지시문에서 나는 다음 쉬운 5단계를 따름으로써 이것들을 채택할 수 있음을 말하고 있다.

세 번째 옵션은 왜why와 어떻게how를 모두 포함하도록 관점을 수정하고, 그러고 나서 왜why를 강화하기 위해 글을 다시 쓴다. 새로운 프로토콜에 관한 나의 지시문에서, 나는 왜 우리는 그곳에 가기 위해 쉬운 5단계를 채택해야만 하는지에 대한 세 가지 중요한 이유가 있다고 말한다.

다음은 관점이 어떻게 초점을 바꿀 수 있는지에 대한 또 하나의 예이다. 놀이터 장비를 만드는 회사에서 일한다고 해보자. 어떻게 이웃 사람들을 모으고, 낡은 놀이터를 복구할 것인지에 대해 마을의 지역 후원자 잡지 기사를 작성하라는 임무가 주어졌다. 회사의 제품들을 사용하는 것은 물론이다.

애초의 케이블카문장을 읽는다.

> 이웃 놀이터 복구에 대한 내 프로필에서, 나는 엘리샤 윌리엄스와 타냐 산체스 사이의 우정이 이웃 전체를 위한 이익으로 이끌었다고 말하고 있다.
>
> 그렇지만 초안을 읽고서 회사 장비를 사용하기로 한 결정이 두 여성의 우정보다 훨씬 중요하다는 것을 알게 된다.

케이블카문장과 일치시키려면 두 번째 초안에서 두 여성의 우정을 강조할 수 있다.

또는 초안에 맞게 케이블카문장을 다시 작성할 수 있다. 이 경우 회사의 장비와 관련한 결정이 초점이 된다.

이웃 놀이터 복구에 대한 내 프로필에서 나는 우수한 놀이터 장비의 탁월한 선택이 이웃 전체에 이익을 가져다주었다고 말하고 있다.

양자택일로, 양쪽 아이디어를 포함하기 위해 케이블카문장을 변경함으로써 두 가지 전제를 섞을 수 있다.

놀이터 복구에 대한 내 프로필에서 나는 친구인 엘리샤 윌리엄스와 타냐 산체스는 모든 이웃의 이익을 위해 놀이터 복구에 요령 있는 구매자가 되었다고 말하고 있다.

케이블카문장을 조정할 때에는 어떤 정보를 케이블카에 실을지 내릴지를 결정하여 바꾼다. 글 일부가 이제는 새로운 관점을 지탱하지 않으면, 그것들은 탑승하지 않는다. 일단 대단히 중요한 아이디어에서 벗어난 것을 제거하면, 남은 모든 것이 요점으로 이끌고 갈 것이다.

케이블카문장은 무엇이 빠졌는지를 보여준다. 글을 짧게 쓰는 경향이 있다면, 지금 이 큰 허점을 찾아보고, 더 많이 쓸 필요가 있는지를 메모해 두어야 할 때이다.

4. 다시 아크 올라가기

지금 초안을 작성했으므로 큰 그림 편집은 구조를 검토할 기회를 준다.

작성하기 전에 아크를 구성했다면, 그린 것들에 대조해서 아크를 점검해보자. 이 시점까지 아크를 사용하지 않았다면, 계속해서 시도해 보자. (4장)

"이전"의 아크를 갖고 있다면, "후"의 아크와 비교해보자. 어떤 차이점이 있는지 즉시 확인할 수 있다. 어느 것이 더 효과적인가? 그러나 "후"의 아크를 갖고 있다 해도 일련의 정보가 제대로 표기되었는지 확인해보자. 작품을 만들고 있는지, 그것들이 있어야만 하는 곳에 아이디어가 있는지, 더 나은 방향으로 또는 더 논리적으로 흐르게 하려고 주변을 움직일 수 있는지를 자문해보라.

지금은 또한 구조 선택에 대해 직감적인 점검을 할 좋은 기회이다. 작동되고 있는가? 더 나은 것을 사용할 가능성이 있는가? 의심스러우면 6장으로 돌아가 구조 옵션을 다시 한번 검토해보라. 다른 것을 고르려고 결정한다면, 두 번째 초안을 작성해보자.

① 시작 부분 다시 시작해보기

처음에는 언제나 한 번 이상 다시 쓸 준비를 하자. 사실 이것이 지름길일 뿐이며, 다시는 반복하지 하지 않는다는 것을 약속한다. 처음부터 다시 쓰는 것은 항상 대가를 지급한다. 왜? 초고를 작성한 후에 궤도를 이동했기 때문이다. 글쓰기에 대한 견해가 단지 그것을 한 것으로 바뀌었다.

복사본은 비틀거나 섞어야 할 수도 있다. 그러나 시작은 어떤 다른 부분보다 더 혼란스러울 것이라는 마음의 준비가 되어있어야 할 만큼 매우 중요하다. 첫인상을 줄 수 있는 마지막 기회이다. 그래서 시작 부분을 시작하려면 애초 2분간의 무거운 짐 짊어지기 운동으로 돌아가 다시 시도해보자.

[팁] 스파게티 가닥 분류하기

케이블카문장을 초기 초안과 비교할 때 글에서 둘 이상의 중요한 아이디어를 발견할 수 있다. 나는 이 부가적인 생각들을 스파게티 가닥처럼 여긴다. 그 생각은 종종 글쓰기에서 자체적으로 꼬인 것이다.

스파게티 가닥은 황금빛일 수 있다. 에워싼 글쓰기에서 놓여나면 아무런 노력 없이 몇 가지 보너스 아이디어를 얻을 수 있다. 각 아이디어는 별도로 개발될 수 있다. 지금 당장, 가장 중요하거나 흥미로운 요소에 관해 쓸 수 있으며, 나머지는 다른 시간을 위해 남겨둘 수 있다.

예를 들어, 회사에서 만든 새 기기의 장점에 관해 쓰고 있다고 해보자. 초안에 새 기기에 대한 묘사를 포함했다. 또 기기를 개발하면서 어떤 어려움이 있었는지에 대한 배경 스토리를 썼다. 그리고 어려움을 극복하기 위해 애쓴 사람의 프로필을 가지고 있다. 이 초안에서는 이 세 가닥이 각각 별안간 나타나서 이야기를 복잡하고 초점이 맞지 않게 만든다. 이 가닥 중 어떤 것이 주요 포인트인가?

재작성할 때, 기기의 장점을 강조한다는 생각으로 한 가닥에 집중해야 한다. 나중의 스토리를 위해 개발과 직원에 관한 정보를 저장하고 있어야만 한다.

▶▶▶

② 생각하는 것보다 늦게 시작하기

때때로 사람들은 너무 일찍 시작한다. 몇 단락을 썼는데 글쓰기가 한 단계 올라간다는 사실을 알면 놀랄지도 모른다. 초안에서 흔히 볼 수 있는 일이다. 그것은 “문학적 목청 고르기”라고 한다. 작가들은 그 지점에 오기 전에 에둘러 말한다. 그들은 이야기를 구성하고 싶어 한다. 그들은 중요한 항목을 먼저 삽입할 필요성을 느낀다. 여러분 자신의 “헛기침”을 찾아보라.

재작성할 때 “이 스토리가 정말로 이륙하는 지점이 무엇인가?”라고 자문해보자. 그 순간보다 앞서 모든 것을 잘라보자. 예를 들어보자. 다음은 내가 몇 년 전에 썼던 글의 케이블카문장이다.

야영지 상담원 도티Dottie에 관한 개인 에세이에서, 그녀는 야영객들이 지도자가 될 수 있게 하도록 어수룩한 척했다고 나는 말했다.

그렇지만 초안의 첫 독회에서 글의 절반까지 진행됐을 때까지 도티는 나타나지 않았다. 이것이 그녀와 그녀의 우스꽝스러운 방법에 관한 것이라면, 그녀는 그렇게 늦게 소개될 수 없다. 그것을 고치기 위해 나는 도티가 등장하는 장면을 이야기의 윗부분에 추가했다. 더욱 강력한 시작은 에세이의 나머지 부분을 뒷받침했고, 불필요한 말과 생각을 제거하는 데 도움이 됐다.

[쓰기 연습] 2분간 무거운 짐 짊어지기-군살 빼기 (3분)

이미 쓴 것은 잊어버려라. 타이머를 놓고 앉아서 질문에 답하라.

1단계 | 이 작품은 무엇을 쓴 것인가? (45초)

2단계 | 왜 이야기되고 있는가? (30초)

3단계 | 어떻게 보다 큰 세계와 연결되는가? (20초)

4단계 | 요점은 무엇인가? (15초)

5단계 | 한 단어로, 무엇에 관한 것인가? (10초)

단어가 시작될 때 썼던 단어와 같지 않을 수도 있다. 좋다. 원하는 단어를 결정한다. 단어가 편집 기술로서 같든지 아니든지 간에 한 번의 마지막 단계를 밟길 바란다.

6단계 | 단어의 가장 좋은 삽화는 무엇인가? (45초)

스토리, 장면, 설명, 흥미진진한 질문, 예리한 관찰, 또는 요약일 수 있다. 이제 실제 초안을 시작했던 방법을 살펴보자. 그것이 지금 선택한 단어의 가장 좋은 삽화인가? 두 번째 초안의 경우 위 질문에 대한 대답을 사용하여 작품의 시작 부분을 다시 작성해보자.

③ 쓰고, 다시 쓰고, 또는 수정한다?

글쓰기는 다시 쓰기이다. 그렇다면 얼마나 많이 다시 써야만 하는가? 대답은 글쓰기가 케이블카문장과 얼마나 가깝게 맞춰졌는지에 달려 있다. 때로는 길이에 따라 완전히 새로운 초안을 쓰는 것이 더 쉽다. 어떤 경우에는 아이디어를 움직이거나 아크 위를 올라가는 방식을 변경하거나 작동하게 하는 연결 아이디어를 삽입하여 섹션을 다시 작성할 수 있다.

그러나 이 개요 작업에서 성가시게 변화에 매달리지 말자. 이 점에서 단어 선택에 대한 열망은 시간 낭비이다. 여러분이라면 나중에 전체 단락을 들어내기로 하겠는가? 설상가상으로, 너무 열심히 썼기 때문에 포기할 수 없는가? 작업을 통한 첫 번째 정리를 위해 계속 큰 생각을 해보자.

5. 스파게티 가닥은 많은 재료를 제공한다

저자이자 언어학자인 로즈마리 오슬러Rosemarie Ostler는 빠른 결과를 내는 초안 작성법이 있다고 말한다.

2003년부터 로즈마리는 이상하고 매혹적인, 역사적인 측면에서 미국의 말speech에 관해 썼다. 언어전문가로서 그녀는 자주 잡지에 기고하고, 《문법 세우기: 단어를 둘러싼 초창기 미국의 전쟁은 오늘날의 언어를 어떻게 형성했는가》를 포함하여 4종의 책을 썼다.

그녀의 꾸준한 결과물은 초안과 편집 둘 다에서 시간을 경제적으로 사용하라고 촉구한다.

그녀는 항상 빠른 초안으로 시작한다. "좋을 필요는 없다. 정말 그 페이지를 싫어해야만 한다."고 그녀는 말한다. 그런 다음, 그녀는 큰 그림 편집을 사용하여 재료를 파헤치고 스파게티 가닥을 꺼낸다. "나는 거기에서 모든 아이디어를 꺼내어서 키질한다,"

다음은 잡지 편집자에게 보낸 날림의 권유 편지 초안이다. 나는 스파게티 가닥들을 골라내고 번호를 매겼다.

> 우리는 종종 문자 메시지와 트위터가 이모티콘을 사용하는 젊은 사람들을 반 문맹자로 만들고 있다는 비난을 듣는다. 놀랍게도, 최근 Dictionary.com 설문조사에 따르면 밀레니얼Millennials[●]은 온라인에서 문법과 용법에 관해 가장 관심이 높은 그룹이었다…. 약 74%의 사람들이 소셜 미디어에서 문법과 맞춤법 오류로 짜증을 느끼고 있다고 응답했는데, 이는 다른 어떤 그룹보다 높은 비율을 보였다.(#가닥 1-밀레니얼의 예기치 않은 문법 선호에 관한 스토리)
>
> 문법 문제가 여전히 많이 살아있는지를 알기 위해 설문조사를 정말로 할 필요는 없다. 구글에서 "틀린 문법"을 찾아보면, 50만 건의 검색 결과가 나온다.(#가닥 2-문법에 대한 대중적 온라인의 관

● 1980~2000년 사이에 태어난 세대.

심사에 관한 스토리) 더욱이 토론은 종종 18세기 문법책에서 처음 제시된 것과 같은 임의의 규칙을 중심으로 이루어진다-부정사를 나누지 않고, 전치사로 문장을 끝내지 않는다. 인터넷은 전통적인 문법 규칙을 영속적으로 유지하게 한다.(#가닥 3-어떻게 인터넷이 기존의 문법 금지조항을 지원하는지를 살펴보라.)
나의 글은 온라인 문법 조언의 동향을 탐험할 것이고, 지금 사람들의 관심을 끄는 이슈에 대해 더욱 이른 시기의 구식 언어 연구에서 연속성을 보여줄 것이다. (#가닥 2 다시) 나는 가령 〈문법 소녀와 문법공포〉와 같은 인기 문법 블로그와 그들이 주는 충격의 유형들을 살펴볼 것이다. (#2 또는 #3) 나는 또한 언어전문가가 아닌 사람 중에 언어학자나 복사본 편집자인 진정한 언어전문가의 증가가 어떻게 온라인 문법 대화를 바꿀지를 논의해야 할 것이다.(#가닥 4-전문가의 온라인 기여가 아마도 더 좋은 경우로 문법 사용에 얼마나 영향을 받을 것인가.)
3개의 단락 속에 4개의 아이디어가 들어있다.
한때 로즈마리가 깊이 관여했던 가닥에 위치한다. "살펴보고 무엇이 주제문이 될 수 있는 것처럼 보이는지 고른다."고 그녀는 설명한다. 그 후, 사람들이 그녀에게 무엇을 호소하는가의 문제이다. 이 경우, 그녀는 문법에 관한 대중적인 온라인 관심사인 #2가닥을 골랐다.
그러나 다른 아이디어들은 잊히지 않는다. "그것들을 계속 개발할 것이다."라고 로즈마리는 말한다. 각각 다른 잡지의 필요성에 치우친 완전한 스토리가 될지도 모른다.

그것은 효과적인 프로세스다.

[팁] 좋은 편집자들이 공유하는 5대 덕목

여러분 자신의 공간에서 부분 편집으로 들어가게 하기 위해서는 좋은 편집자를 만드는 것이 무엇인지를 알아야 한다. 내가 함께 일한 가장 좋은 것은 모두 다음과 같은 중요한 사고방식을 가지고 있다.

냉정

편집자는 긴 관점에서 글쓰기를 하고 있어야 하므로 긴 팔(은유적 표현)이 필요하다. 글쓴이로서 나는 우리가 말하는 것에 대해 열정을 느끼기를 바란다. 편집자로서 우리는 감정 평가에 냉담해야 한다.

친절

자신만의 편집자로 활동할 때, 그 자료를 훼손하지 않음으로써 더 나은 결과를 얻을 수 있다. 자신을 '어떻게 하면 도움 될 수 있을까?' 하는 도움 주기 상태로 돌입해보라. 나쁜 글쓰기에 관한 것이 아니다. 좋은 편집에 관한 것이다.

확고부동

반면에, 자료를 요구하는 것은 괜찮다. 아이디어가 초안에서 자료를 그 세계로 만들지 못한다고 해서 절망하지 말자. 허점이 있는 곳과 그 허점을 채우는 방법을 파악하는 데 집중해보자.

기쁨

편집은 게임이다. 퍼즐이다. 미스터리이다. 글쓰기는 문제를 제기한다. 그것을 발견하고, 해결하는 많은 방법의 하나를 찾아낸다. 더 많이 할수록 더 나아진다.

궁극성

편집자는 떠나도록 할 필요가 있다. 글쓰기는 절대 완벽하지 않다. 근처 어디에도 못 간다. 그러나 어느 시점에서는 그것으로 충분하다. 그것을 향상할 수 있는 능력의 한계에 이르면 스스로 멈출 수 있는 권한을 부여해보라. 언제나 다음 기회가 있다.

▶▶▶

9장

명료함과 동력을 만드는 데 도움 되는 4가지 전술

이 장에서 우리는 길이, 스타일 또는 주제와 관계없이 글을 구성하기 위한 편집 단계를 살펴볼 것이다. 그리고 여러분의 생각이 적당한지 확신하기 위해 수납 상자 단락을 만들 것이다. 그러고 나서 단락들 사이에서 흐르는 보이지 않는 논리를 탐구할 것이다. 그리고 편집자 데스크로부터 온 충고에서 캐슬린 브렌젤Kathleen Brenzel이 정보통의 편집 관점을 제공할 것이다.

1. 미디엄 포커스 편집에 태클 걸기

편집은 단계별 절차이다. 지금 여러분은 주요 개념을 점검하는 넓은 범위의 편집과 까다로운 디테일을 추적하는 최종 클로즈업 사이에 있다. 그러나 시간이 촉박해 서둘러야 한다면 중간 포커스 편집으로 해보는 것도 괜찮다. 이것들을 단지 따르기만 해도 글쓰기는 더 좋아질 것이다.

이 책을 순서대로 읽는다면, 이미 8장 큰 그림 편집 아이디어에 바탕을 둔 두 번째 초안을 이미 작성했을지도 모른다. 그러나 아직 초안을 작성하고 있다면 걱정하지 마라. 바로 여기서 뛰어들어라. 이 접근법을 사용함으로써 지금까지 해결을 미루었던 문제를 정리할 수 있다. 또한, 중간 초점 편집의 핵심인 수납 상자 단락과 숨겨진 논리를 내가 선호하는 유용성에 따라 배치했다.

수납 상자는 각 단락 내의 생각을 식별할 수 있는 편집 기술이다. 이 표기하기 또한 어디에서 같은 아이디어를 반복하는지에 대한 단서를 제공한다. 표기하는데 잠시 시간을 보냈어도 그 순간은 글쓰기에 질서를 가져다줄 것이다. 다음은 그것이 어떻게 완료되었는지를 보여준다.

① 단락 이름 짓기

복사본을 살펴보라. 각 단락 옆의 여백에 특별한 단락이 수납 상자에 쑤셔 박혀 있다면 바깥쪽의 표기는 무엇을 말하는지를 자문해보라. 이 표기들은 단지 길어야 몇 개 단어로 되어있어야 한다. 수납 상자는 여러 상식적인 글쓰기 문제를 발견하는 데 도움이 된다.

• 두 개의 주제

명확히 하기 위해 한 단락은 한 가지에 관한 것이어야만 한다. 그리고 단어를 표시한다면 다른 두 가지 아이디어를 가지고 있다. 쉽게 수정하는 방법은 정보를 두 단락으로 분리하는 것이다. 그리고 만약 공식적이거나 학문적 글쓰기가 아니라면 '예'인데, 단락은 단문으로 구성한다.

• 같은 주제

각 표기는 달라야 한다. 때로는 중간에 다른 글로 구분된 단락에 같은 표기를 하길 원할 수도 있다. 단락들이 서로 가까워질 때까지 주변을 이동하고, 떠오른 생각이 겹치는 부분을 확인해보라. 한 단락이 생각을 훨씬 더 잘 드러낼 수 있다. 또는 정보를 단일 단락으로 통합할 수도 있다. 또는 다른 것을 말하기 위해 단락을 재구성해보라.

• 너무 장황한

때때로 단락의 내용을 요약하는 것이 어렵다는 점을 발견할 수도 있다. 이런 일이 일어난다면, 다음과 같이 자문해보자. 이 단락의 요점은 무엇인가? 아니면 이 단락을 집어넣으면 어떤 일이 일어날까? 대답이 "아무것도 아니다"라면, 그 부분을 잘라내라. 반면 종종 그것이 왜 필요한지를 발견하게 된다. 그러면 표기를 위해 단어 선택의 폭을 좁히고, 단락을 맞게 다시 작성해보자.

② 패턴 보기

수납 상자를 사용하면, 아이디어가 한 지점에서 다른 지점으로 흐르는 바를 확인할 수 있다. 각 표기를 점검함으로써 스토리가 세

워지는지 또는 원하는 방식으로 정보의 순서가 정해지는지 확인할 수 있다. 아크의 단계가 위로 올라가면서 표기를 설정할 수도 있다.

복잡한 스토리를 이야기한다면, 아마 여러 줄거리를 함께 꼬는 이야기일 텐데, 수납 상자는 주제가 교차하는 지점을 보여주고, 단락을 쉽게 재배치하도록 해준다.

가령, 회사에서 밀가루 제품을 판매한다고 해보자. 여러분은 그 제품을 사용하는 장인 빵집의 증가에 관한 이야기를 쓰고 있다. 거친 초안에 대한 수납 상자 표기는 다음과 같다.

- 제과점에 대한 소개
- 주인의 첫 제빵 경험
- 제빵에서 가족사
- 장작 오븐을 위한 나무 구하기
- 장인정신이 깃든 다른 빵 레시피 찾기
- 장작 오븐 알리기
- 오직 천천히 부풀어 오르게 하려고 왜 빵에 효모를 넣지 않는지
- 수상 경력
- 주인의 성공에 대한 반응
- 향후 가업을 이을 주인의 자식들

표기를 볼 때 여기 여러 가지 이야기의 공통주제가 있음을 깨닫게 된다. 소박하게 시작해 성공으로 치달은 사업의 연대기를 갖고 있다. 또한, 오븐, 나무, 효모 없는 빵, 기타 등등의 방법들에 관한 여러 가지 공통주제를 갖고 있다. 그리고 누가 그를 지원했는지,

무엇이 그의 비전을 추동하게 했는지 등등 주인의 가족을 이야기하고 있다.

많은 자료가 있다. 일단 세 개의 공통주제를 생각 덩어리로 나눌 수 있다. 표기들, 즉 단락을 여러 가지 방법으로 재배열할 수 있다. 다음은 가능한 방법의 하나다.

성공한 것으로 시작하라. 그것이 독자와 고리를 만든다. 역사로 돌아가서, 개인과 제과점의 발전을 함께 꼬고, 독자가 그 배경 정보가 필요할 때 방법을 설명하는 것으로 건너뛰어라.

두 번째 초안은 이럴 것이다.

- 제과점에 대한 소개
- 수상 경력
- 주인의 성공에 대한 반응(전환)
- 제빵에서 가족사
- 어릴 때 주인의 첫 제빵 경험(전환)
- 왜 효모 없는 빵인가?
- 장작 오븐 알리기
- 장작 오븐을 위한 나무 구하기(전환)
- 장인정신이 깃든 다른 빵 레시피 찾기
- 향후 가업을 이을 주인의 자식들

이것을 다듬을 때, 독자들이 한 섹션에서 다음 섹션으로 부드럽게 뛰어넘을 수 있도록 그 전환에 특별한 주의를 기울일 필요가 있다.

2. 보이지 않는 연결 조사하기

영국 소설가인 테리 프래쳇Terry Pratchett의 《디스크월드Discworld》란 판타지 시리즈를 보면, 마술사의 배움 자리는 눈에 보이지 않는 대학이다. 그것은 보통사람들의 생명을 쥐락펴락하는 재앙적인 마법 주문의 원천이다. 나는 글쓰기에서 보이지 않은 연결이 같은 방식이라고 생각한다. 대부분의 자신감 없는 글쓴이는 도서관 사서를 위해 마법적인 폭발이나 까다로운 오랑우탄을 다루지 않는다. 그러나 단락이나 심지어 전체 섹션을 연결하는 쓰지 않은 논리를 점검하지 않는다면, 이유도 모른 채 글쓰기를 탈선시킬 수 있다.

보이지 않는 연결이 의미하는 바는 무엇일까? 기본적으로 글쓰기의 각 단락은 연결되어 있다. 한 단락을 쓰고 나서 다음 단락을 쓸 이유가 있다. 안 쓴 논리를 점검할 때, 한 단락을 다음 단락과 묶는 생각이나 아이디어를 찾는다. 간혹 분명하다. 훌륭하다. 어떤 때는 연결을 찾을 수 없다. 아마도 아이디어 연결을 글에 아직 반영하지 못했을 것이다. 이름을 붙이려고 하면 전환을 발생시키는 데 필요한 단어를 발견하게 된다. 눈에 보이지 않는 연결을 재빨리 정의하는 것을 통해 자신의 글쓰기가 원하는 방식으로 구성된다는 확신을 가질 수 있다.

① 쓰지 않는 것 쓰기

각 단락 사이에 무엇이 두 단락을 연결하는지 설명하는 구절이나 문장을 추가해보라. 독자는 다음 아이디어로 글쓰기를 시작하는 단락의 마지막 부분에서 물을 수도 있는 질문을 쓴다.

"왜 나는 고무에 끼우는 쇠고리에 대해 알기를 원하는가?"

다음은 "실제 자아"에 대한 생활방식 상담 블로그의 여러 단락을 위해 작성된 보이지 않는 연결의 예이다.

최근 연구들은 사람들이 직장에서 일할 때 가장 진실성 없는 자아를 갖고 있다고 생각한다고 지적했다. 그것은 우리 중 많은 사람이 마스크를 쓴 채 일주일에 40시간(때때로 훨씬 많을 수도)을 일하고 있음을 의미한다. 그리고 이 거짓 행동은 우리 삶에서 심한 불행의 원인이 될 수 있다.

쓰이지 않은 질문: "정말로? 이 조언이 필요한가?"

만약 집에까지 타고 가는 길에 직장 걱정에 열중하고 있거나 아니면 거리에서 우연히 부딪친 불운한 어떤 사람에게 달려드는 자신을 발견한다면, 여러분은 직업과 관련된 스트레스를 한 단계 내려가게 하고 싶을 수도 있다.

쓰이지 않은 질문: "거기에 대해 내가 어떻게 해야 할까?"

일하러 가기 위해 마스크를 쓰는 것이 습관이라는 것은 나쁜 뉴스다. 그리고 우리는 모두 습관을 깨기가 어렵다는 것을 알고 있다. 좋은 뉴스는 여러분 자신을 재교육할 수 있다는 것이다. 사려 깊은 단계들이라 하더라도 작은 여행을 생각해 보라. 여행은 여러분의 행복 수준에 진정한 변화를 가져다줄 것이다.

쓰이지 않은 질문: "내가 해야만 하는 일이 무엇인가?"

이 속임수 계획은 직장에서조차 여러분에게 그것을 진짜로 유지하게 할 것이다.

② 보이지 않는 편집

편집 도구로서 보이지 않는 연결은 여러 가지 면에서 도움이 된다. 가장 기본적인 수준에서, 그것들은 생각이 잘못되었거나보다 전략적으로 배열될 수 있다는 가정을 보여준다. 다음은 보이지 않는 연결을 사용하여 보이게 될 몇 가지 문제이다.

- 자료 실종

  여러분이 연결을 지정할 수 없다면, 그것은 자료 실종의 좋은 실마리이다. 돌아가서 단락을 매끄럽게 움직이는데 필요한 것을 채워라. 그렇게 하면 독자는 한 가지 생각에서부터 다음 생각까지 부딪히면서 자극을 받지 않을 것이다.

- 아이디어 부조화

  때로는 보이지 않는 질문과 다음 단락이 일치하지 않는 일도 있다. 그렇다면 초안을 검토하고 질문을 만족시키는 단락을 찾아서 제자리로 옮겨라. 또는 그 시점에서 독자의 필요에 대답할 수 있는 새로운 단락으로 채워라.

- 덮어쓰기 전환

  한 단락의 마지막 문장과 다음 단락의 첫 문장은 어떤 관계를 형성할 필요가 있지만 같은 정보를 반복해서는 안 된다. 이런 수다스러운 문장을 끌고 가고 닫는 문장을 더욱 쉽게 만들 수 있다.

- 너무 많은 단어

보이지 않는 연결을 보호하는 것에는 다변이 도움 된다. 단어, 구절 또는 질문으로 연결을 요약할 수 있다면 실제 글쓰기에서 얼마나 많은 단어가 더 필요한가? 자를 수 있는가?

3. 편집자 데스크로부터 온 충고 여섯 가지

캐슬린 브렌젤Kathleen Brenzel은 작가들이 저지르는 가장 일반적인 실수를 공유한다.

편집에 관해서 캐슬린 브렌젤Kathleen Brenzel은 모든 것을 보아왔다. 서구 생활 잡지인 〈선셋Sunset〉의 편집자로 오랫동안 저명한 경력을 쌓는 동안 그녀는 백과사전적인 《웨스턴가든북》의 네 가지 판본과 수많은 프로젝트를 감독했다. 나는 얼마나 많은 기사가 캐슬린의 책상 위에 있었는지 상상할 수 있다. 그녀는 만능의 재주를 가진 편집 계의 스타이다.

나는 2006년 그녀와 함께 일할 수 있어서 기뻤다. 그녀의 편집 기술은 항상 내 단어들을 향상했다. 그래서 나는 그녀에게 가장 일반적인 글쓰기의 실수는 무엇인지를 물었다.

다음은 그녀가 상위에 꼽는 것들이다.

① 스토리로 돌아가기

캐슬린은 작가가 요점을 취하기 전에 횡설수설하는 것이 문제라고 본다. "그들이 부탁하지 않으면, 나는 더는 읽지 않는다." 편지의 서두이든 어떤 종류의 텍스트이든 이 점은 사실이라고 그녀는 말한다. 편집 수정? "말하고자 하는 바를 독자들이 올바르게 생각하도록 하라"는 캐슬린의 말처럼 첫 번째 단락에서 포인트를 신속하게 설정하거나 매력적인 장면을 설정해보라.

② 허약한 동사

다른 어떤 것보다 활동적인 동사를 사용하라. 활동적인 동사는 여러분이 하는 일에 즉각적인 도움을 준다. 그것들은 사람들이 행동하도록 한다. 캐슬린은 하와이의 할레아칼라Haleakala산에서 일출을 경험한 작가 수잔 케이시Susan Casey의 최근 〈선셋Sunset〉 기사를 인용했다. "동사들을 보라. 고도가 올라간다rises, 그들이 목격한다witness, 자동차 행렬이 바람을 일으킨다winds, 산꼭대기가 솟아있다tower. 활동적이고, 활동적이고, 활동적이다."

③ 질문에 답변 없는 독자들

"닫을 수 없는 문은 절대로 열지 마라"라고 1939년에서 1954년까지 〈선셋Sunset〉의 편집장을 지낸 월터 도티Walter Doty가 말했다. "그의 충고는 〈선셋Sunset〉의 연대기를 통해 내게 내려왔다"라고 캐슬린은 설명한다.

작가가 대답하지 않은 질문을 가져와 이슈를 제기해서는 안 된다. "여러분은 기대해야만 한다"라고 그녀는 말한다. "여러분은 질문에 매달린 독자를 원하지 않는다. 디테일을 다루지 않으면 '잠깐만, 내게 전체 이야기를 하고 있지 않네'"라고 말할 것이다. 때때로 설명 문장을 추가하는 것으로 작업을 수행하는 때도 있다.

④ 명확성의 부족

이것은 글쓴이의 아이디어 중 일부가 글에 담기지 않을 때 발생한다. "독자는 마음속으로 상황에 대한 그림을 그린다. 그러나 독자는 글쓴이의 머릿속에 있지 않다. 독자는 글쓴이가 생각하는 바를 알지 못한다. 필요한 모든 정보를 제공하는 것이 독자에게 도움이 된다."

⑤ 한 곳 이상에 있는 같은 아이디어

자신없는 글쓴이에게 종종 일어나는 일이다. "초안을 작성하는 광풍 속에서 순서대로 물건을 넣는다. 다른 장소에서 다른 단어로 같은 것을 말한다." 여러분이 한 일로 되돌아가 보라. 반복해서 다시 읽고 다시 읽어보라. 항상 뭔가를 발견할 것이다.

⑥ 부주의한 실수

부주의한 실수보다 편집자를 더 흥미를 잃게 하는 일은 없다. 그것은 편집자에게 작가의 능력에 의문을 갖게 만든다. 이런 것들이다.

- 편집자의 책임 영역 조사하지 않기-캐슬린은 "음식 레시피를 가든 편집자에게 보내지 말라"라고 말한다.
- 목표 출판의 역사 조사하지 않기-"최근 무수히 여러 번 해본 적 있는가?"
- 바보 같은 작은 실수 무시하기-"같은 문장에서 현재와 과거 시제 사용하기"

반면, 잘 겨냥된 적절한 커뮤니케이션은 작가를 긍정적으로 만든다. 그녀는 "작가가 나에게 보내기 전에 검토할 시간을 가져 다듬어진 텍스트"를 좋게 생각한다. 홍보 이메일 편지이거나 잠재 고객에 대한 응답이건 간에 최선을 다하겠다. 명확하게 기록하라. 신중하게 작성하라. 홍보의 대상을 맞추어라. 그리고 자신의 분야를 알아라.

10장

독자들을 안내하는 신호문장을 추가하라

독자는 명확성을 원한다. 좋은 정보로 글쓰기를 할 수 있다. 그러나 명확한 전환점 없이 아이디어에서 아이디어로 점프하면 독자는 읽기를 빨리 포기한다. 해결책은? 단락의 시작과 끝에 강력한 제어문장을 추가하면 된다. 독자가 가길 원하는 방향을 가리키기 때문에 나는 이것을 신호문장pointer sentences이라고 부른다.

이 장에서는 편집 단계에서 아주 효과적인 포인터 문장으로 글쓰기를 강화하는 방법을 살펴볼 것이다. 또한, 명확성과 커뮤니케이션을 위한 포인터 문장을 점검하는 쓰기 연습: 재미와 유익함 살펴보기를 다룬다. 그리고 참조에서는 대조표 전환에서 자료를 이동하는 12가지 방법을 보여준다. 리뷰에서는 리드 묻어버리기는 가장 흥미로운 아이디어를 어떻게 파헤치고, 신호문장을 앞에 위치시키는 것처럼 갈 필요가 있는 곳에 배치했는지 보여준다.

작가들은 종종 초안이나 공식적인 개요를 쓰기 전이든지 글쓰기 프로세스를 시작할 때, 신호문장을 구성하는 것에 고무된다. 그렇지만 많은 자신감 없는 작가들은 이 문장 쓰기를 싫어한다. 그들은 글쓰기가 어디로 향하는지를 모르기 때문이다. 설령 그들이 일반적인 감각을 갖고 있다 해도 초안을 쓰기 시작할 때까지는 유동적인 상태이다. 자기 생각을 털어놓을 때, 특정 문장을 아무 곳이나 만들지 않으려고 노력하는 것은 어렵고 고통스럽다. 실패한 경험 때문이다.

그래서 직관력이 떨어지는 것처럼 보일 수도 있지만 나는 글을 처음 쓸 때보다 오히려 편집할 때 신호문장을 구축하라고 조언한다. 초안을 완성한 후 신호문장에 초점을 맞추면, 글을 구체화하고 메시지를 강력하게 전달하는데 훨씬 효과적이다. 신호문장을 이미 썼다고 해도 편집할 때 되돌아가서 선명하게 해보자. 자료에 대한 통제력을 강화하고 글을 완성하는 지름길이 된다.

1. 길을 유도하는 표지판 문장

단락 시작의 신호문장은 일반적으로 주제topic나 논점focus과 같은 이름을 갖는다. 신문 기사의 시작 부분에서는 이를 리드lead 또는 리드lede* 문장이라고 한다. 그렇지만 나는 화살표 형태의 구식 도로 표지판을 시각화할 수 있으므로 신호문장으로 시작하는 것을 표지판 문장signpost sentence이라 부른다. 표지판 문장은 길을 보여준다. 표지판 문장은 독자에게 기대하는 바가 무엇인지를 알려준다.

표지판 문장으로 작업을 시작하려면, 첫 번째 단락을 마지막으로 저장한 다음 두 번째 단락으로 시작한 초안을 살펴보고, 각 단락의 첫 번째 문장을 본다. 독자에게 올바른 방향으로 가리키는 명확한 문장이 있는가? 문장이 충분히 잘 작동하고 있는가? 내가 자를 수 있는 여분의 단어가 있는가? 독자를 안내하는 또 다른 좋은 방법이 있는가? 라고 자문해보라.

간혹 이 길에서 표지판 문장이 아직 나타나지 않았음을 발견한다. 그런 경우라면, 짧은 형태의 수납 상자 만들기를 해보자. 이 단락의 콘텐츠가 선반 위 수납 상자 안에 들어있다면, 표시는 무엇을 말하는가? 라고 자문하라. 표시에서 표지판 문장을 구축해보라.

그리고 바로 첫 번째 단락의 표지판 문장으로 돌아가서 점검해보자. 나는 기대했던 성과를 올린 시작 부분에 세심한 주의를 기울여야 한다고 앞에서 언급한 바 있다. 이 신호문장은 이런 모든 것들의 조상 격이다. 편집 프로세스에 따라 시작을 한두 번 다시 썼을 수도 있다. 지금 다시 확인해보자. 이것이 요점을 가장 잘 반영하는가? 조정하면 더 나아질까? 독자들이 호기심을 갖도록 했는가? 또는 아직 생각이 떠오르지 않는가? 지금이 그것을 추가할 적기適期이다.

① 행동 표지판

표지판은 해야 할 역할이 많이 있다. 다음은 사람들이 표지판을 잃어버렸을 때 어떻게 행동하고, 어떤 일이 일어나는지에 대해 적은 몇 가지 사례이다.

가령, 프로그래머의 이메일에서 표지판은 주요 방향을 비춘다.

회의에서 논의된 바와 같이, 현재 권고안은 샤크티(Shakti) 파일 작동시간에서 E2015 구문 사용을 연기한다. 우리는 관련된 이동적재 탑재량과 전산상의 증가에 대한 완전한 분석이 필요하다. 이때 이동적재가 30~800% 증가한 것으로 나타났다. 추가 분석은 앞으로 나아갈 경로를 찾기 위해 Q1 또는 Q2에서 수행될 것이다. 일부 언어 기능은 걱정 없이 사용될 수 있고, 메모에 리스트 되어있다. 만약 궁금증이 있으면 제발 메모에 자유롭게 댓글을 달거나 방문하여 이야기를 나누어라.

이 개인 에세이에서 표지판 문장은 원근법의 변화로 기능한다. 그것은 아이의 경험에 어른의 관점을 추가한다.

내가 네 살이었을 때, 우리는 사실 홍수와는 무관한 안전한 곳에 살아서 집이라는 개념을 갖고 있지 않았다. 그날 밤 강이 범람했고, 물이 지하실로 통하는 부엌문에 닿았을 때, 나는 두 형의 청바지 뒷주머니에 매달렸다. 나는 사람들 사이의 작은 틈으로 밀고 들어갔다. 우리는 어둠 속을 들여다보았다. 밥의 손전등 불빛이 소용돌이치는 물 위로 물결치며 번져갔다. 지하실 계단은 검은 늪으로 빨려 들어가고 있었다. 물이 모두 사라졌을 때 무슨 일이 일어난 걸까?

다음은 표지판 문장이 없는 예이다. 사람들이 무엇을 하고 있는지 발견하기 전에 도착해야만 한다. 여러분은 여전히 사람들이 어디에 있는지 모른다.

일몰이 되자, 우리는 신발을 모래 위에 남겨두고, 조개가 있는 바다를 향해 맹렬히 돌진했다. 우리는 얕은 물을 따라 발을 이리저리 스텝을 밟으며 걸었다. 발밑에 딱딱한 표면을 가진 뭔가가 밟혔다. 마리아Maria가 소리쳤다. 키가 크고 등이 굽지 않은 발레리나 같은 우아함을 지닌 그녀는 다리를 물 밖으로 뻗었다. 돌돌 말린 발가락에 완벽하게 꽉 낀 지금까지 한 번도 보지 못한 가장 큰 조개가 있었다.

첫 번째 문장은 단락에 있는 내용을 다루지 않는다는 점을 주의하라. 그건 표지판으로서 기능하지 않는다. 왜 독자들은 어둠 속에서 계속 머무르고 있는가? 왜 그 팀이 발로 조개를 캐는 바하Baja에 있다고 말하지 않았는가? 명확성을 위해 다음과 같이 시작할 수 있다.

저녁상에 오른 신선한 코르테즈 해Sea of Cortez 산 조개는 바로 우리 발가락 사이에 끼어 있던 것이다.

또는 만약 여러분이 그것을 모두 버리고 싶지 않다면.

바하에서의 조개 캐기는 멋진 장비 없이도 할 수 있다.

② 발판문장

표지판 문장이 강하면 할수록 표지판 문장은 혼자서 작동하지 않는다. 표지판 문장에는 조용한 동반자가 있다. 생각을 전환할 때, 많은 부분이 이전 단락이 어떻게 끝났는지에 달려 있다. 나는 이 마지막 문장을 발판springboard이라고 한다. 체조에서 발판은 체조선

수가 공중으로 도약할 수 있도록 해준다. 글쓰기에서 발판문장은 독자를 다음 단락으로 원활하게 밀어 올린다.

여기 발판문장과 신호문장이 함께 작동하는 예가 있다. 채식 전문 레스토랑 주인에 관한 프로필에서 한 단락은 이렇게 끝난다.

영화가 나오기 오래 전에, 그는 자신의 첫 레스토랑을 라따뚜이 Ratatouille●라 이름 지었다. "식재료들이 '채식주의자'를 위한 것이기 때문이다"라고 레이먼드Raymond가 말한다.

그리고 다음의 시작 부분이다:

자, 라따뚜이는 또한 "끊임없이 빠르고, 건강한 음식"을 의미한다. 레이몬드는 채식으로 아침, 점심, 저녁 식사를 재활용 판지로 만든 도시락에 제공한다. 포장이 레스토랑에서 먹는 것보다 4 대 1로 많다.

수납 상자 연습이 표지판을 만드는 데 도움이 되는 것처럼 보이지 않는 논리 연습(9장을 다시 보라)은 발판문장을 활용하는 데 도움을 준다. 단락의 끝과 다음 단락 사이의 보이지 않는 연결을 확인해보라. 그러면 발판문장이 필요하거나 충분하게 역할을 하는지를 보게 될 것이다.

글쓰기를 살펴보고 단락과 단락의 연결에 쓰지 않은 논리를 살펴보자.

단락과 단락을 연결한다. 발판문장을 확인해보라. 사고 전환이

● 프랑스 프로방스풍의 채소 스튜 요리.

갑작스러운가? 신호문장을 놓쳤는가? 그것들을 조이는 방법이 있는가?

[쓰기 연습] 재미와 유익함 살펴보기

시간 | 글의 길이에 달려 있다

표지판 문장과 발판문장만으로 커뮤니케이션할 수 있는가?

1단계 | 복사해서 붙여넣기

표지판 문장과 발판문장을 각각 빈 페이지에 넣는다. 그것이 여러분의 스타일이라면 글을 출력하여 더욱 도드라지게 표시할 수 있다.

2단계 | 모든 포인터 문장 소리 내어 읽기

글쓰기 친구가 있다면 그들에게 읽어준다.

3단계 | 정보나 스토리의 확실성 자문.

아크를 사용한다면, 정보를 위치시킬 것인가? 어떤 허점을 발견할 수 있는가?

4단계 | 첨삭

발견한 것을 기반으로 하여 돌아가서 수정한다.

5단계 | 다른 곳에서 자르기

이제 그 문장들이 더 활발하게 쓰이고 있으니까 글을 더 깨끗하게 하려고 나머지 부분에서 자를 수 있는 곳을 찾아본다.

2. 변화를 위해 작동할 것인가?

표지판과 발판은 지침 장치이다. 전환은 실제로 어떻게 이동하는 가이다. 삶에서 전환은 쉽지 않다. 우리는 출생, 죽음, 졸업, 첫 직장, 승진, 이사, 이혼, 첫 아이, 첫 책과 같은 소중한 것들을 가지고 있다. 전환은 우리가 다른 공간으로 뛰어넘는 관문이다. 우리는 거의 돌아가지 않는다. 무언가로 마음을 바꾸는 것이 전환이다. 180도 전환을 위해 시간과 에너지 그리고 종종 강한 감정이 필요하다.

글쓰기에서 강력한 전환은 다른 생각으로 이동하면서 독자가 눈치를 거의 채지 못하게 하는 것이다.

전환 기능은 다음의 정보조각을 위한 설정이다. 이야기 전개에서 정보조각들은 독자들이 시공간에 기반을 두도록 한다. 그것은 아이디어 조정에 도움이 된다. 전환이 어려워서 같은 것을 반복해서 사용하는 경향이 있다. 시도해 볼 만한 12가지 전환의 예가 있다. 목록이 확실한 것은 아니지만 여기에 초점을 맞추면 글쓰기를 강화할 수 있다.

① 역 전환

반대는 고리로 활용될 수 있다. 디킨스Dickens의 《위대한 유산Great Expectations》에 나오는 고전적인 오프닝을 보자. "가장 좋을 때였고, 가장 나쁠 때였다…" 논쟁, 의견 또는 설득력 있는 글쓰기를 할 때는 역 전환에 의존한다. 역 전환은 독자의 기대에 어긋나지 않도록 한다. 역 전환은 그렇지만however, 반면에on the other hand, 그러나but 같은 접속어를 사용하는데, 공식적이고 학문적인 글쓰기가 아니라면 그러나(but)로 문장을 시작할 수 있다.

예) 많은 사람이 렌즈구름● 형성은 중요한 기상 현상의 전조가 된다고 생각한다. 그렇지만 그렇지 않다. 그런 다음 구름이 변화의 신호를 나타내지 않는 이유로 다음 단락을 시작한다.

② 시간 전환

이 전환은 독자에게 얼마나 많은 시간이 지났는지 알려준다. 시간은 당시back then, 지금now, 더욱이meanwhile, 어제yesterday, 오후in the afternoon, 내일tomorrow, 지난달last month 또는 작년last year과 같은 접속어를 사용하여 앞뒤로 변환할 수 있다.

1956년 8월 9일 화요일, 프리토리아 행진the march to Pretoria● 은 유니언 빌딩Union Buildings에 여성들이 모이면서 시작되었다.

③ 장소 전환

행동 장소는 빌딩 꼭대기에서at the top of the building처럼 간단할 수 있다. 한편으로는meanwhile, 서식지에 인접해서back on the ranch 와 같이 오래된 고전적인 것도 있다. 독자를 한 장소에서 다른 장소로 이동하는 것은 이동을 묘사하는 포인터 신호문장이 요구된다. 장소 전환을 위한 접속어(여기서는 전치사)는 at, by, down, in, on, up 등과 같은 구절로 시작하는 것들이다.

● 볼록렌즈를 하나 혹은 여러 개 합쳐 놓은 듯한 모양의 구름으로 마치 UFO를 연상케 하는 독특한 형태의 구름.

● 남아공 수도 프리토리아에서 일어났던 인종분리정책에 대한 여성들의 항의 시위.

예) 하Ha와 맥그루더McGruder의 사무실에서…

④ 점프 컷 전환

우리는 영화의 점프 컷jump cut, 연속성이 없어지도록 하는 필름 절단법에 관해 알고 있다. 시간은 한 장면과 다음 장면 사이에서 붕괴한다. 두 명의 캐릭터가 서로 미소 짓는다. 둘 다 뒤죽박죽된 침대에 누워있는 데서 점프 컷 하라.

글쓰기에서 점프 컷은 시간과 공간 모두에서 재생된다. 두 이야기를 함께 묶어두면 특히 유용하다. 가령, 역사적인 빌딩을 보존하는 방법에 관해 쓴다고 가정해보자. 시위대가 어떻게 조직되는지와 중장비 운영자가 어떻게 철거를 준비하는지 사이에서 점프 컷 할 수 있다. 독자는 어느 시점에서 이 두 입장이 만나는지 안다. 점프 컷은 시간과 장소의 전환에 사용하는 것과 같은 접속어를 활용하지만, 행동은 훨씬 빠르다.

예) 레오Leo가 "내 자동차는 결코 견인되지 않을 것이다."라고 자랑한다.

(점프 컷)

조용한 거리에서, 빨간 람보르기니가 서서히 견인 트럭 경사로를 따라 끌려 올라간다.

⑤ 인용 전환

인용은 화자의 성품을 드러내거나 행동에 따라 이동하는 신속한 방법이다. 인용이 프로필에서 자주 사용되는 이유이다. 글이 다음으로 가고 싶은 곳이 어디인지 자문하고, 그러고 나서 그 말을 다루는 인용문이 있는지를 보라. 화자가 했던 말이라고 해도 단순한 사실을 말하는 인용은 사용하지 말자. 그러한 인용은 요약할 수 있다. 인용은 관점에 대한 특색, 진위 및 지원을 추가해 주는 것이어야 한다. 그런 것이 기억할 만한 인상을 남긴다.

예) "전시물이 아무리 아침 일찍 도착한다고 해도 전시물이 빌딩 안으로 들어왔을 때 나는 반드시 그곳에 있어야 한다"고 김판Kim Phan이 말한다. 이 꼭지는 그러고 나서 박물관장의 헌신에 대한 더 많은 이야기가 계속될 수 있다.

⑥ 질문 전환

질문 전환은 간단하다. 이 관점에서 독자가 생각하는 바를 질문한다. 그래서 이 모든 것이 어디로 가는지? 그런 다음에 대답한다. 제한된 질문을 사용한다. 한두 명 이상이 독자에게 경악을 느낀다.

예) 직업을 위한 웹 사이트 블로그 게시판에서, 고속도로 교량의 시멘트 기초가 줄에 매달린 작업자에 의해 크기가 측정되는 것을 설명한다. 여러분은 교량 안전 관리자로서 그 대열에 합류하길 원하는가? 묻는다. 뒤따르는 것은 독자가 어떻게 그 일을 할 수 있는가였다.

⑦ 팩트 전환

흥미롭거나 비정상적인 사건을 사용하여 전환을 만들 수 있다. 저자이자 글쓰기 코치인 돈 프라이Don Fry가 독자들이 고를 수 있는 자료에서 빠뜨린 특정 사건을 "금화金貨"라고 했던 적이 있다. 그러나 이 금화는 임의적이거나 장외의 것은 아니다. 금화는 독자들의 정보에 대한 이해나 즐거움을 확대해주어야 한다.

예) 볼보의 122시리즈 보닛 아래의 트랙터 엔진이 수리됐다. 중고차 웹 사이트를 위한 블로그 게시판에서 작성된 발판문장이다. 이러한 흥밋거리 정보는 단락의 시작으로 이어진다. 스웨덴산 이 차는 주말 자동차 정비사가 이해할 수 있을 만큼 단순했다. 그리고 그 후에, 다양한 유지 관리 작업을 묘사한다.

⑧ 관점 전환

한 사람의 관점에서 다른 사람의 관점으로 변경하는 것은 역 전환과 비슷하다. 그렇지만 여기에서 변화는 여러분 자신을 다양한 사람들의 신발에 넣는 것에 달려 있다. 예를 들어, 주제에 대한 서로 다른 의견을 모으고, 그러고 나서 한 사람의 의견에서 다른 사람의 의견으로 옮길 수 있다. 때때로 이동은 묘사자에게서 여러분의 관점으로 옮기는 것이다. 그렇지만however, 그러나but, 그리고 반면에on the other hand와 같은 접속어를 사용한다.

예) 여러분은 다음 한 단락으로 끝낼 수 있다. 마르켈리누스Marcellinus는 신중하다. 다음은 좌절에도 불구하고 쇼Shaw 씨는 열정적으로 남아 있다, 로 시작해보라. 그리고 왜 그녀가 그렇게 느끼는지에 대한 말을 계속해보라.

⑧ 짤막한 농담으로 전환

이것은 간단하다. 한 방향으로 나아가고 있는데, 한 문장이든 심지어 한 단어라도 방향을 바꾸어 다른 방향으로 간다. 이런 경우는 종종 한 문장으로 구성된 단락이다. 접속어는 별로not so much, 잊어

forget it, 맞아right, 그리고 좋아okay처럼 짧고 예리하다.

예) 집에 오고 있는 나 자신을 발견한다. 품위가 있다. 모든 사람이 좋아할 것이다.

아니다.

누구도 오지 않았다.

⑩ 관찰 전환

행동에 대해 언급할 수 있는 곳이 있다. 작가는 종종 편집하기를 주저하지만, 작가 스스로는 사실로 통하는 지름길을 알고 있다.

예) 회사의 새 창고가 어떻게 생겼는지 설명한다. 요소로 한 단락을 끝낼 것이다. 20피트 높이의 선반에 보관 상자들을 올려놓았다. 관찰로 전환해보라. 많은 것들이 선반 위에 올려져 있다. 그런 다음 사람들이 방대한 시스템에 어떻게 대처하는지에 대한 디테일을 계속 살펴보자.

⑪ 압축 전환

이것은 단락이나 섹션의 행동을 취해서 몇 문장에 쑤셔 넣는 곳이다. 여러분은 그것에 회전을 넣는다. 압축은 일반적으로 플레이의 디테일을 서술하고, 작가의 빠른 관찰로 끝내는 스포츠 글쓰기에서 사용된다. 압축하려면, 머리 부분에서 다른 말로 하면 같은 문장으로 시작하고, 그러고 나서 빈칸을 채워라.

예) 농구 경기가 서술되고 있다. 압축이 시작된다. 게임은 연장전에서 4번의 동점을 기록하면서 충돌했다. 이것은 결국 작은 장면scenelet을 설정한다. 관중석에서는 사람들이 코트를 입은 채 여전히 서 있었다.

⑫ **요약 전환**

행동을 압축하는 전환과 마찬가지로, 이 전환은 글쓰기를 주도해 온 아이디어를 요약하는 것이다. 요약 전환은 섹션이나 꼭지의 처음이나 끝부분에서 일어날 수 있다. 접속어가 추가로in addition, 그러므로there, 결과적으로it follows that, 따라서consequently, 결과적으로as a result 등이다. 결국at the end of the day처럼 낡은 표현은 피하자.

예) 그래서, 이 기간 동안 화자는 견해가 확고부동한 채로 남아 있었다. 그러나 이제 사회가 그 견해를 바꾸었다.

이 정도 편집 수준에서 여러분은 자료를 책임지게 된다. 지시 내리는 것을 주저하지 말자. 독자들은 어둠 속에 남겨지는 것을 싫어한다. 그들은 자신들이 보고 있는 것에 동의하지 않는다 해도 어디를 보고 있는지를 확실히 말해 주는 작가를 좋아한다. 글쓰기의 끝에 다다르고, 목소리가 너무 강하다고 느낀다면, 언제나 다시 돌아가서 수식어를 추가할 수 있다.

하지만 나는 여러분이 그렇게 하지 않길 기대한다.

3. 리드 묻어버리기

최종 한계deadline, 죽이다kill, 자르다cut 와 같이 저널리즘 언어는 폭력적이고 과장된 어조를 지닌 단어로 점철되어 있다. 리드를 묻어버리는 것과 마찬가지로 좀비처럼 죽음을 함축하고 있다. 이 문구는 가장 중요한 아이디어가 글의 시작 부분에 있지 않다는 것을 의미한다.

하지만, 랜턴 불빛에 의지해 무덤을 파는 것과 달리, 대부분 매장된 아이디어들은 평범한 시야에 가려져 있다. 특히 초안에서 그것은 보통 다른 정보와 생각으로 둘러싸여 있다. 편집자의 작업은 리드를 찾아서 맨 위로 옮기고 좋은 표지판 문장을 만드는 것이다.

다음은 묻어버린 리드를 파내려는 예이다. 이것은 내가 2007년 〈베터 홈즈 앤 가든즈 프레니얼Better Homes and Garden's Perennials〉 잡지에 쓴 기사의 첫 번째 단순한 질문에 대한 상투적이고 획일적인 방법으로 대답하는 대량의 응답 또는 응답에 사용되는 데이터 초안이었다. 신호문장은 월트 호지스(Walt Hodges)의 정원에 있는 식물이란 주제에 관한 것이었다.

> 조경 식물은 새로 막 조성한 정원에 강한 안정감을 가져온다. 큰 잎을 가진 대담한 크기의 식물은 이 오리건주의 오스웨고 호(Lake Oswego) 정원을 종종 생각하게 하는 잿빛 하늘이 아닌 열대 지방의 기후를 말한다. 많은 녹색 바나나 잎이 오솔길을 뒤덮은 데 반해, 농구대만큼 키가 큰 오렌지와 칸나 '프레토리아 (Pretoria)'와 '클레오파트라(Cleopatra)'의 붉은 꽃은 잔디밭을 따라 줄지어 늘어서 있다. 조경전문가인 월트 호지스(Walt Hodges)는 넓으면서 기호를 반영한 정원을 가진 집에서 살기를

> 좋아한다. 월트가 "녀석들"이라고 지칭하는 세 마리의 개는 각각 100파운드가 훌쩍 넘는다. 물론, 그는 크기가 특별히 큰 식물을 키울 수 있는 큰 부지(3분의 2에이커 이상)가 있다. 개는 크다. 뒷마당은 크고, 그곳에서 키우는 식물들은 어마어마한 크기로 잘 자라서 줄이 잘 맞지 않았다.

좋다. 인정한다. 나는 내가 생각했던 바를 본 것에 대한 엉성한 초안을 썼다. 첫 문장은 바뀐 아이디어였다. 여러분은 열대 지방과 회색 하늘을 함께 생각하지 않지만, 이 정원사는 이미 그렇게 생각했다. 흥미롭지는 않다.

초안을 쓴 다음 나는 케이블카문장을 구축했다. 거대한 열대성 다년생 식물에 관한 특집 기사에서, 나는 월트 호지스가 정원을 포함하여 무엇이든 큰 것을 좋아한다고 말한다.

나의 관점은 이 정원이 왜 그렇게 열대 지방의 것처럼 보이는지에 대해 나 자신에게 물었던 질문을 통해 만들어졌다.

그런 다음 나는 차이를 알았다. 비록 주제가 큰 식물에 관한 것이었다 해도 내 케이블카문장에서 관점은 잿빛 북서 날씨와는 관계가 없었다.

그래서 나는 시작 부분을 점검했다. 그것은 관점을 지원하지 않았다. 나는 초안을 분석해 들어갔다. 드디어 나는 리드를 파헤쳤고, 있어야 할 곳인 정면 오른쪽에 있는 월트(Walt)를 얻었다. 이동 또한 타이틀을 강화했다. 여러분은 같은 곳에 머무르고 있는 부제를 알아차릴 것이다. 하지만 식물 묘사는 월트와 "녀석들"에게는 부차적이다.

> 조경 식물은 새로 막 조성한 정원에 강력한 안정감을 가져온다. 월트 호지스는 큰 것들을 추구하며 살기를 좋아한다. 그가 "녀석들"이라고 언급한, 몸무게가 100파운드가 훌쩍 넘는 거대한 세 마리의 개를 고려해보라. 그리고 오리건주 오스웨고 호에 있는 뒷마당은 거의 3분의 2에이커 크기로 확장했다. 이 거대한 것들에 대한 그의 편애는 정원의 표지판으로 큰 잎을 가진 규모 큰 다년생 식물을 선택하게 한다. 10피트 크기의 바나나는 녹색 노 모양의 잎으로 오솔길을 뒤덮는다. 반면 거의 농구대와 비슷한 키를 가진 오렌지와 "프레토리아"와 "클레오파트라"라고 불리는 칸나의 붉은 꽃은 잔디밭을 따라 줄지어 서 있다.

지금 리드가 빛을 본다. 나는 기사 속으로 들어가는 길을 지적해주는 표지판 문장을 구축했다. 제발 주어진 그의 편애로 시작하는 문장을 주목해보라. 나의 보이지 않는 케이블카 관점을 따른다.

브레인덤프가 흐트러지지 않은 초안은 가치가 있다. 글쓰기를 삶으로 가져오는데 필요한 것들을 정확히 파헤칠 수 있다. 행복한 탐구다.

11장

단순한 암시들로 까다로운 항목에 대처하라

깔끔한 복사본이 필요하다. 쓴 것을 발표하기 전에 꼼꼼하게 끝까지 찾아내야 한다.

페이스북에 메모를 쓴다고 해보자. 띄어쓰기를 잘못했다. 아버지 가방에 들어가신다. 문법 지적자grammar police[●]는 띄어쓰기를 제대로 해야 한다고 경고한다. 그뿐만 아니라 이런 경우 결국 신뢰성을 잃어버린다. 이것이 소셜 미디어에서는 별로 문제가 되지 않을 수도 있지만, 더욱 전문적인 환경에서 글을 쓸 때는 이해관계가 달라진다.

이 장에서 우리는 교정본을 깨끗하게 하는 쉬운 방법을 점검한다. 구두점에 대해서도 간략하게 다룬다. 구두점은 글쓰기에서 교

● 대화할 때 경찰처럼 문법을 지적하는 사람을 유머러스하게 한 표현.

통 통제로 생각하면 된다. 쓰기 연습에서 거꾸로 읽으라는 놓친 것들을 발견하도록 도와준다. 스타일에 무엇이 있는가? 일반 쉼표 및 일반 단어의 오남용은 공백을 채워주는 참조를 팁으로 두었다. 충고성 이야기는 작은 변화의 가치를 파악하는 데 도움이 될 것이다.

1. 교정본을 어떻게 깨끗하게 하는가?

이 일을 배웠든지 아니든지 간에 차이는 없다. 만듦의 철자법조차 쓸 수 없다고 해도 좋다. 다음 9단계는 글을 다듬는 데 도움이 될 것이다.

① 중요성 부여

우선순위 목록에서 뒤로 밀린 이야기를 아주 꼼꼼하게 찾아내겠다는, 실수조차 바로잡는다는 마음가짐을 가져야 한다. 우리는 우선순위 목록을 갖고 있다. 반드시 지켜야 하는 시간을 지켜야 한다. 중요한 것은 공포, 즐거움 또는 필요성에 의해 반드시 해야 한다는 점이다.

② 속도 늦추기

우리 대부분은 너무 빠르게 프로세스를 진행해 이동하기 때문에 실수를 알아채지 못한다. "보내기" 버튼을 누르지 말자. 다시 확인해보자. 필요한 생각을 할 시간을 두 배는 더 할애해보자.

③ 게임으로 만들기

재미있는 게임처럼 실수를 끄집어내는 것과 실수를 찾아내면 보상하는 것을 상상해보라. 편집하기가 쉬워진다.

④ 맞춤법검사기

맞춤법검사기 교정은 완벽하지는 않다. 때때로 웃기는 결과를 내놓기도 한다. 그렇지만 적어도 한 번쯤은 맞춤법검사기를 돌려보자. 밑줄 친 단어나 구절에 왜 밑줄을 그었는지를 살핀다. 철자법이나 단어 사용에 문제가 있다면 사전을 찾아보자.

만약《열린책들 편집 매뉴얼》과 같은 스타일 매뉴얼이 주어지는 것과 같은 특별한 스타일을 사용하는 경우에는 궁금증을 해소해줄 도우미를 만들어보라. 만약 교정해야 할 것이 거의 없다면 이 장에서 제안한 보다 깨끗한 교정본을 갖게 할 것이다.

⑤ 소리 내어 읽기

혼자서 글을 소리 내어 읽어보라. 다른 사람에게 읽어주면 더 많은 문제를 알아차릴 수 있다. 그들은 절대 충고하지 않는다. 그들은 단지 듣기만 한다. 나는 기르는 개에게 모든 작품을 읽어주는 작가를 안다. 그녀는 개들이 모든 단어를 이해한다고 말한다.

소리 내어 읽는 것은 글의 격조를 점검하도록 해준다. 모든 문장이 같은 격조를 유지하고 있는지, 그렇지 않으면 형식적인 것으로 방향 전환이 일어나거나 너무 캐주얼하게 가는 것은 아닌지. 소리 내어 읽는 것은 또한, 끝까지 읽기 전에 숨이 차는 긴 문장을 알아차리게 해준다. 리듬을 엉망으로 만든 이상하거나 놓친 구두점을 찾을 수 있게 해준다. 뜻을 오해할 수 있는 단어를 찾게 해준다.

⑥ 애인에게 주목하기

"애인을 죽여라"라는 저널리즘 속담이 있다. 이는 글에 도움이 되지 않는다면 애인처럼 사랑하는 문장이라도 잘라야 한다는 것을 의미한다. 소리 내어 읽어보면 애인 같은 문장을 알 수 있다. 그 문장은 좀 확실하거나 재미있는 경향을 띠기 때문이다. 애인과 같은 문장은 좋지만, 맥락에서 적당하지 않은 경우가 있다.

애인을 정하는 것은 주제이다. 글을 읽을 때마다 단어, 구절, 또는 문장과 같은 특히 좋아하는 부분이 애인이 된다. 그러나 이런 것들을 비판적으로 보아야 한다. 주위에 있는 것을 희생하여 과시하고 있는가? 글쓰기가 그것 없이 살 수 있는가? 라고 자문해보라. 대답에 따라, 애인을 잘라야 할 필요가 있다.

애인은 실제 여러분을 더 강한 방향으로 안내할 수 있다. 향하고 있는 방향이 마음에 들면, 조화를 이루기 위해 애인 주위의 글을 조정해보라. 그것이 여러분의 관점으로 돌아가는 것을 의미한다.

⑦ 자신에게 친절하기

디테일 속으로 꼼꼼하게 파고들면 들수록 자신의 패턴을 더 잘 알 수 있다. 친절하라. 그것이 신중한 또는 별개의 것인지 간에 결코 알 수 없으므로 항상 친절해야 한다. 여러분은 바보가 아니다. 실수를 발견할 때마다, 자신에게 교정을 가르치는 기회를 얻는다. 집착하지는 마라. 시간이 지남에 따라 지식을 축적하게 된다. 그것은 무료 교육인 셈이다.

⑧ 오자에 단호하라

여분의 공간, 잘못된 단어, 여분의 쉼표 같은 작은 녀석을 찾는 것은 어렵다. 나는 오자가 화면에 나타나지 않지만 프린트하면 보이는 경우가 많아서 교정본을 출력한다. 그러나 컴퓨터에서 교정을 볼 경우, 글꼴을 확대하여서 작업하면 오자를 쉽게 찾을 수 있다.

⑨ 전전긍긍하지 말기

단어밖에 모르는 괴짜들 모임에서는 으레 맞춤법 문제를 놓고 치열하게 토론한다. 잘 정리된 스타일북이 심판관처럼 테이블 위에 놓여있다. 차근차근 교정을 보라. 쓴 글이 스타일북과 일치하도록 최선을 다하라.

2. 까다로운 구두점

구두점은 교통 통제와 같다. 독자 관점에서 글쓴이의 생각이 얼마나 빨리 또는 늦게 오는지를 지시한다. 또 언어가 어떻게 사용되는지를 명확하게 한다.

① 빠른 제어장치들

마침표(.)

멈춤. 신호이다. 소리 내어 읽을 때 자연스럽게 숨쉬기를 위한 곳이다.

물음표(?)

물음표는 깜박이는 적색 신호등에서 멈춤과 같다. 물음표는 질문의 맨 마지막에 위치한다. 물음표는 종종 길거나 복잡한 문장의 끝에서 길을 잃는다. 짧은 설명으로 짧은 질문이 뒤따르도록 문장을 잘라라.

감탄부호(!)

감탄부호는 고속도로에서 번쩍거리는 표지판과 같다. 교통 상황에 대해 경고한다. 흔히 감탄부호가 들어간 문장은 사건을 의미한다.

"평생 감탄할 일이 세 개 있다. 그것들을 현명하게 사용하라"라는 오래된 저널리즘 격언이 있다. 오늘날 특히 소셜 미디어에서 감탄부호가 낭비되는 경우가 많다. 그게 소셜 미디어의 스타일이다. 하지만 다른 글쓰기에서 감탄부호를 거의 사용하지 않아도 된다. 강한 감정을 표현하기 위해 인용문에 느낌표를 넣을 수 있다. 하지만 의견이나 사실에는 넣을 수 없다. 느낌표를 사용하고 싶다면 동사를 확인해보라. 현재 사용한 동사보다 더 강한 동사를 사용하면 느낌표에 대한 욕망이 사라질 것이다.

쉼표(,)

이 작은 녀석은 교통량을 줄이지만, 멈추게 하지는 않는다. 캘리포니아 멈춤 표지판● 처럼 쉼표들을 생각해 보라. 쉼표는 단어들을 나열할 때도 사용한다.

● 캘리포니아에는 '멈춤'이란 표지판 아래 '멈추지 마라'라는 표지판이 함께 붙어있는데, 일이나 배달 등으로 인한 주차에 한해 30분을 허용하므로 '일시 정지'를 의미하기도 한다.

줄임표(…)

이 세 점(…)은 도로 교통의 틈새와 같다. 그것은 뭔가 빠져 있음을 나타낸다.

책을 리뷰 중인데, 이 문장을 인용하고 싶다고 해 보자. "그녀는 카니발 중간쯤에 어슬렁거렸는데, 조리도구를 판매하는 남자를 지나 상자를 발견하기에 앞서 모퉁이를 돌았다." 여러분은 조리도구를 판매하는 남자를 생략함으로써 짧게 할 수 있다. "그녀는 카니발 중간쯤에 어슬렁거렸는데…그리고 상자를 발견하기에 앞에 모퉁이를 돌았다." 하지만 정보를 삭제해도 원래의 의미가 바뀌어서는 안 된다는 점을 기억하라. 줄임표가 문장의 끝부분에 오면, 마침표 하나가 뒤따른다.

따옴표(" ")

이것은 사람들의 말을 출입구 뒤에 적재하고 고속도로를 따라가는 특수화된 단어 운반차이다. 말한 것과 같고 정확하게 옮겨진다. 인용문 문장 앞뒤에 따옴표를 사용한다. 홑따옴표는 따옴표 안의 말을 보여준다.

[참조] 쉼표를 언제 어떤 상황에서 사용할 것인가?

리스트나 시리즈 아이템 사이에

- 모퉁이를 돌면서 소방차, 구급차, 그리고 사다리차가 왔다.

- 나는 연속적인 쉼표를 더 좋아한다. 마지막 쉼표를 사용하지 않는 것이 좋을지도 모른다. 어느 쪽이라도 일관성을 유지하라.

그리고and 와 연결될 수 있는 형용사들 사이에

- 짧고, 민첩한 소방관을 보았다.
- 둘 사이에 그리고(and)를 넣어야 한다면 쉼표가 필요하다. 만약 그렇지 않다면 필요 없다.
- 나는 큰 사다리차를 보았다.

단어를 연결함으로써 결합한 완전한 두 생각 사이에

- 나는 소방차 소리를 들었고, 하지만 동생은 구급차 소리를 들었다.
- 연결 장치가 어느 쪽이든 주어와 동사가 없다면 쉼표가 없다.
- 나는 소방차와 구급차 소리를 들었다.

문장을 시작하는 설명 구절 뒤에

- 내가 아침을 먹기 전에, 소방차가 도착했다.
- 만약 설명 구절이 문장으로 끝난다면, 쉼표가 필요하지 않다.
- 내가 아침을 먹기 전에 소방차가 도착했다.

생각을 바꾸거나 중단시키는 단어를 설정할 때

- 거리는, 그렇지만, 비상용 차들로 봉쇄됐다.

3. 더욱 까다로운 디테일

① 수동태

좀비 테스트를 제안해낸 사람은 누구든지 모자를 벗겨라. 만약 동사에 단어 좀비에 의해를 넣고 그게 이치에 맞으려면 수동태여야 한다. 울타리는 (좀비에 의해) 잘렸다. 좀비가 쫓겨나도록 동사와 주어를 바꾸어라. 아주 가끔은 수동태를 필요할 수도 있다. 독자들은 아마도 업사 데이지Upsa Daisy● 의 정원사가 울타리를 잘라낸 것에 신경을 쓰지 않을 것이다. 마찬가지로 좀비가 잘려나간 것에 신경을 쓰지 마라.

② 현재 또는 과거

동사의 시제는 특정 상황에서 혼란스러워진다. 예를 들어, 책의 플롯을 설명할 때, 현재 시제를 사용한다. 비록 책이 오래전에 쓰였다 해도 마치 현재에 사는 것처럼 보인다. 마크 트웨인Mark Twain이 1884년 허클베리 핀의 모험The Adventures of Huckleberry Finn을 쓰는 동안, 헉Huck은 짐Jim과 함께 현재 시제로 도망간다runs. 자연이나 과학에 대해 글을 쓸 때도 마찬가지이다. 일반적으로, 나무나 미생물이 자란다grow, 현재 시제이다. 나무 또는 미생물의 특정 사례에서 과거 사건에 관해 쓰고 있다면 과거 시제를 사용한다.

● 미국의 유명 미용실

③ 전문성 진술

두 명의 구경꾼들이 트럭에서 여자아이를 빨리 구출할 수 있도록 도왔다. 정말? 우리는 그들이 트럭의 창문을 깨고 그 소녀를 움켜잡았다고 말할 수는 없었을까? 매우 전문화된 분야의 글을 쓰지 않는다면 단순화하기 위해 노력해보라. 증거proof를 의미할 때 왜 검증verification을 사용하는가? '내로남불.' 내가 하면 로맨스 남이 하면 불륜 같은 두문자어頭文字語, 머리글자만 따서 만든 단어는 독자 모두가 이해할 때만 사용하라. 글쓰기에서 설령 두문자어로 설명하더라도 두문자어를 만들지는 말자.

④ 한 문장 한 생각

고전이 된《글쓰기 생각 쓰기》의 저자 윌리엄 진서William Zinsser는 이 아이디어의 일인자이다. 편집할 때 하나 이상의 생각이 포함된 문장을 해체하라고 한다. 그러면 글은 더 분명해진다. 또 문장 길이도 다양하게 끝난다.

⑤ 여기까지

이제 까다로운 디테일의 마지막에 도달했다. 글쓰기 여행 역시 종착역에 다다랐다. 이 책에서 활용할 수 있는 팁을 발견했다면, 가능한 한 최선을 다해 조언들을 글쓰기에 적용했다면, 여러분의 글은 충분히 좋아졌을 것이다. 새로운 주제로 넘어가라. 프로젝트가 끝나면 많은 자신감 없는 작가는 지연을 조장하는 불안감을 경험한다. 이런 일이 생기면, 이 말을 생각하라. 완벽은 완성의 적이다.

완성은 여러분이 원하는 바이다. 하지만 누구도 완벽을 요구하지 않았다. 그 점에서 여전히 마음이 무겁지만 나는 여러분이 적극적으로 글을 쓸 수 있길 바란다.

⑥ 여러분의 글이 아니다.

몇 년 동안, 나는 많은 자신감 없는 작가들을 가르쳤는데, 그들 중 상당수는 저널리즘을 전공했다. 많은 학생이 글쓰기를 제외한 영화, 프로그래밍, 사진 등 무엇이든 하고 싶어 했다. 나는 때때로 자신감 결여는 글이 짧아지는 고통스러운 감정에서 온다는 것을 알았는데, 작가도 마찬가지다.

그래서 여러분과 공유하고 싶은 마지막 사항이 하나 있다. 글은 반드시 써야만 하는데, 어떤 글도 여러분이 아니다. 물론 아이디어를 가지고 있고, 기술과 기능을 사용하여 글을 쓴다. 하지만 그것은 진정한 여러분이 아니다. 포터의 물레에서 사랑스러운 사발로 변하는 점토는 포터가 아니다. 글쓰기가 서투르다 해도, 그 글은 여러분이 아니다. 또 눈에 띄는 멋진 문장을 만든다 해도 그 글 역시 여러분이 아니다. 비인간적인 비판을 허락하기 때문에 중요한 차이가 있다. 글쓰기로 인해 자기 비하를 할 필요는 없다.

프로세스의 기법과 숙련도가 높을수록 글쓰기가 향상된다는 점을 다른 분야에서 배우는 것과 같다는 사실을 알게 될 것이다. 배움을 많이 하면 할수록 좋다. 그래서 계속하겠다는 여러분의 의지가 중요하다.

[쓰기 연습] 거꾸로 읽기

시간 | 글의 길이에 달려 있다

오류를 발견하는 가장 좋은 방법의 하나는 일상적이지 않은 방법으로 읽는 것이다.

1단계 | 끝에서 시작하라

꼭지 끝으로 가서 뒤의 마침표에서 한 문장에 있는 각 단어를 읽어보라. 구두점과 철자를 확인해보라. 실행하면서 문제가 있는 곳에 동그라미를 그려보자.

2단계 | 소리 내어 읽어라

지금 같은 문장을 정상적인 순서로 읽는다. 더듬거리거나 숨이 차는 곳에 표시를 해보자.

3단계 | 반복하라

여러분의 꼭지나 섹션에서 각 문장에 대해 1, 2단계를 점검해보라.

4단계 | 교정하라

글의 시작 부분에 이르렀을 때 뒤로 가서 동그라미를 쳐놓은 것을 교정해보자. 점검하면서 멈칫하게 하는 것은 문제 해결을 위해 다시 써야 할 필요가 있을지도 모른다.

4. 충고성 이야기

저널리스트 랜디 도팅아Randy Dotinga는 까다로운 디테일 다루기에 관해 얘기한다.

이 최종 편집 단계를 간과하지 않아야 함을 느꼈다면, 노련한 기자와 이야기해보라. 그들은 타이트한 마감 시간을 지켜야만 하는데, 그래서 언제나 실수를 포착하기가 쉽지만은 않다. 이를 염두에 두고 랜디 도팅아를 만나보자.

랜디는 프리랜서 기자이자 전 미국 저널리스트 작가회American Society of Journalists and Authors, ASJA 회장이다. 나는 몇 년 전 뉴욕에서 열린 ASJA 연례회의에서 그를 만났다. 힘든 일정이었지만 그의 유쾌한 유머가 항상 인상적이었다. 그는 친절하게 자신의 경험을 공유했다.

Q 까다로운 디테일을 다룰 때 기억해야 할 가장 중요한 점은 무엇인가?

A. 나는 기자 생활을 시작할 때 실수 때문에 애를 먹었다. 그때 나는 나만이 실수한다고 생각했다. 몇 달 전 나는 1990년대 신문기자였던 동료 저널리스트와 이야기를 나눈 적이 있다. 그녀는 사실이 맞는지 아닌지에 대해 생각하느라 밤을 꼬박 새웠던 일을 내게 이야기했다. 그 말을 듣고 나는 내가 실수에 사로잡힌 유일한 사람이 아니라는 것을 알고서는 놀랐다. 나는 롤링 스톤즈 콘서트에 갔다가 이미 제출한 기사에 초조해 모두의 저녁을 망쳤던 기억이 있다. 그 기사에서 나는 부주의로 변호사 대리를 변호사로 승진(?)시

켰다. 신문사에서 하루 동안 기사를 잡고 있어서 다행히 다시 점검할 수 있었다.

그리고 특히 처음 시작할 때에는 실수가 끔찍하게 느껴질 수도 있지만, 곧 잊어버릴 수도 있음을 기억하자. 심지어 경험이 아주 많은 저널리스트조차도 실수한다. 그들도 이름의 철자를 잘못 쓰고, 사실이 아닌 가정을 세우고, 사람을 잘못 인용한다. 〈뉴욕타임스〉 교정판을 확인해보라. 매일 최선을 다하지만 완벽하지 않기 때문에 수차례 교정을 한다.

Q 실수를 피하려고 어떤 충고를 받았는가?

A 가장 큰 위험은 가정하기이다. 기억하기에 내가 한 모든 실수는 진실이라고 가정했기 때문에 일어났다. 확신이 서지 않는 글쓰기에서 팩트를 언급할 때마다 이렇게 자문해보라. "내가 이걸 어떻게 알았는가?"

Q 사실을 점검할 전략이 있는가?

A 나는 글쓰기를 계속하고 싶어서 글을 쓰다 보면 종종 글쓰기 리듬에 빠져들고 사건의 이중체크를 멈추지 않는다. 나 자신이 사실로 돌아가도록 상기시키기 위해 나는 문장을 대담하게 쓴다. 아니면 이것을 점검하라와 같은 문장을 쓴다. 기사에 이 문장이 삭제되지 않은 채 인쇄될 수도 있어서 조심해야 한다.

Q 어떻게 돌아가서 수정하는가?

A 인터넷은 기사 수정 측면에서 실질적인 변화를 가져왔다. 온라인은 즉시 오류를 수정할 수 있다. 웹 사이트에 글을 쓰고 있다면,

실수를 잡아내기 전이라도 초기 독자는 아마도 여러분이 당혹해했다는 것을 잘 알지 못한다. 인쇄물에서 교정은 더욱 분명해진다.

Q 좋다. 랜디, 최악의 까다로운 디테일 실수는 무엇이었는가?

A 1990년대 초로 거슬러 올라가, 그때 나는 샌디에이고의 부자 마을에 이웃한 라호야La Jolla에 있는 주간신문의 풋내기 기자였다. 나는 해변에 있는 레스토랑 마린 방Marine Room의 50주년 기념행사에 관한 기사를 맡았었다. 그 레스토랑은 그 도시에서 가장 부유하고 존경받는 가문인 켈로그Kelloggs 가의 소유였다. 어느 시점에 나는 켈로그가 아침 식사 시리얼 제국의 일부인지 우리 사회면 편집자에게 물었다. 그녀는 '응' 하고 대답했다. 그래서 나는 그것을 확인할 생각도 하지 않고 기사에 넣었다.

신문이 나왔다. 특색 있는 섹션의 표지는 마린 룸 레스토랑에 관한 나의 기사로 도배돼 있었다. 나는 신문사로 가서 호들갑스러운 상태의 편집자를 만났다. 라호야 켈로그La Jolla Kellogg는 배틀 크릭 켈로그Battle Creek Kellogg와 관련이 없고, 라호야 켈로그 가를 배틀 크릭 켈로그 가로 가정하는 것을 싫어한다고 했다. 설상가상으로 우리 신문의 발행인은 편집자에게 라호야 켈로그 가의 한 사람과 정기적으로 테니스를 치는 사이였다고 했다.

편집자는 혼내주려고 나를 사무실로 불러들였다. 적당한 조치를 위해 잠깐의 정적이 흐른 후, 그는 내게 큰소리로 한참 동안 야단쳤다. 다행히 나는 간신히 일을 계속할 수 있었다. 이 일이 나의 저널리즘 경력의 가장 큰 실수이다.

12

타인을 도우면 나에게 도움이 된다

지금까지 글쓰기 프로세스의 단계를 모두 마쳤다. 하지만 글쓰기를 개선하는 또 하나의 방법이 있다. 다른 사람을 도와주는 것이다. 함께 글쓰기 작업을 하는 다른 사람과의 미팅이 강력한 도구이다. 다른 사람에게 피드백을 주면 내 작업에 대한 인식이 높아진다. 다른 사람이 문제를 어떻게 다루는지를 관찰하면 다른 방법을 생각나게 한다. 정기적인 회의를 통해 글쓰기를 활기차게 시작할 수 있고, 그래서 마감 전에 끝낼 수 있다.

글쓰기 모임은 형태, 크기 및 구성에 따라 여러 종류가 있다. 회고록이나 미스터리 같은 특정 장르의 글쓰기에만 전념하는 모임이 있다. 어떤 모임은 혼합형이다. 어떤 모임은 신입회원을 받는다. 어떤 모임은 몇 년 만에 문을 닫았다. 몇몇 모임은 책 출간과 같은 가입조건을 요구하기도 하지만 초보자들도 아무 조건 없이 가입할 수 있는 모임이 많다. 어떤 모임에서는 회원들이 미팅 자리에서 글을 쓴다. 또 어떤 모임은 회원이 준비된 자료를 가지고 와 비평한다. 모임은 일주일에 한 번, 또는 한 달에 한 번, 또는 그 중간에 갖는다.

나는 거의 20년 동안 글쓰기 모임의 회원이었다. 우리는 더 잘 쓴다는 것 말고는 그 어떤 목적도 없이 시작했다. 몇 년이 지나자 회원들은 5권의 책과 수백 개의 잡지 기사 및 무수한 칼럼을 썼다. 우리는 전문가로 일하며, 매주 서로에게서 배운다. 나의 모임은 내게 활력을 불어넣어 주었다.

나의 모임을 포함해 거의 모든 글쓰기 모임은 한 가지 전제가 있다. 모임 참가자들이 글쓰기를 원한다는 사실이다. 그런데 대부분 자신감 없는 작가들은 모임을 하지 않는다. 왜 싫어하는 일에 시간을 빼앗기느냐고 생각한다. 그럴까? 여기 글쓰기 모임을 가지면 왜 좋은지 한 가지 이유가 있다. 글쓰기 모임은 글쓰기란 행위를 더 쉽게 하게 한다.

1. 글쓰기 모임 만들기 10단계

글쓰기 모임을 만드는 순서를 살펴보자. 나 자신의 경험에 비추어 각 단계를 설명해 보겠다.

① 두 명이 그룹을 만들라

여러분이 사는 지역에 참여할 수 있는 글쓰기 모임이 이미 있을

지도 모른다. 그렇지만 자신이 시작하기가 가장 쉽다. 그것이 가장 좋은 방법이기도 하다. 여러분과 같은 단계에 있는 다른 자신감 없는 작가와 연결한다. 모임을 만드는데 많은 사람이 필요하지 않다. 사실, 작게 시작하는 것이 좋다. 글을 읽을 수 있는 한 사람을 발견하고, 그가 화답한다면, 그것이 모임이다.

거의 20년 전, 나는 지역 커뮤니티 칼리지에서 "팔리는 잡지 글쓰기"라는 강의를 들었다. 나는 이 강의가 "다락방에 보관하는 잡지 글쓰기"의 반대라고 농담했었다. 세미나가 끝난 후 나는 동료들과 강사에게 지속해서 강의해달라고 부탁했다. 그는 불가능하다고 했다. 그러나 그는 우리 중 두 사람이 짝을 이뤄 만나보라고 했다. 그래서 우리는 스스로 할 수 있는 것을 해보기로 했다.

② 공통점을 찾아라

글쓰기 예비 친구와의 공통점을 가진 것은 도움이 된다. 둘 다 같은 분야에서 일할 수 있고, 워크숍을 함께 들을 수 있다. 아니면 같은 글쓰기 목표를 가지고 있을 수도 있다. 하다못해 특정 책을 읽었던 것과 같은 쉬운 공통점이라도 있을 것이다.

우리 둘은 모두 애초에 잡지 강의를 들었다. 나중에 더 많은 회원을 모집하기 위해 함께 들었던 강의를 활용했다. 그 점은 우리 모두 같은 정보를 접하고 있다는 이점이 있다.

③ 공식 규약을 만들어라

글쓰기 잠재 파트너 한 명과 이야기할 때, 어리석게 보일 수 있지만, 성공적인 결과를 위해서는 공식 규약을 만드는 것이 중요하다.

포함할 내용은 4, 5 그리고 6단계를 참조하라. 멋진 레터헤드letter-head●가 필요한 것도 아니고, 굳이 타이핑할 필요까지 없다. 단지 종이에 논의한 내용을 적기만 하면 된다.

우리 둘은 어느 날 아침 커피숍에서 만났다. 구석에 있는 구식 피아노로 노래를 탕탕 쳐대듯 고객들의 재잘거림이 시끄러웠다. 소음 따위는 아랑곳하지 않았다. 중요한 것은 우리가 이룬 것은 가볍지만 모두 작가를 생각하고 있다는 사실이었다. 작가는 글을 쓴다. 그래서 우리는 노트북으로 모임에 대한 목표를 시작으로 회의에서 원했던 것을 타이핑해 두었다.

④ 공유 목표를 결정하라

공유 목표는 편집을 통해 글쓰기를 다듬는 것처럼 간단한 것일 수 있다. 그렇지 않으면 아마도 이 책의 연습 문제를 함께 하길 원하는 것일 수도 있다. 서로의 특정 프로젝트를 수행하는 데 도움을 주는 것일 수 있다.

이 단계는 신중하게 할 필요가 있다. 여러분 자신의 목표가 잠재적인 글쓰기 친구와 일치하는지를 알게 될 것이다. 쓰기 연습Write On Exercise을 사용하여 답을 찾을 수 있다. 목표가 맞지 않는다면, 좋은 대화를 나눈 것으로 만족한다. 다른 가능성 있는 사람을 찾아보자.

우리 중 누구도 모임을 해본 적이 없었다. 그러나 비영리단체 이

● 윗부분에 개인·회사 등의 주소·이름 등을 인쇄한 편지지.

사회에서 근무한 경험을 통해 나는 설립 목표를 명확하게 하면 할수록 실현하기가 더 쉽다는 것을 알았다. 그래서 우리는 목표를 세웠다. 서로 돈 버는 글쓰기를 돕는다.

⑤ **결과를 평가하라**

다음 단계는 진행 중인 프로세스를 어떻게 알 수 있는지 파악하는 것이다. 여러분의 기대는 무엇인가? 여러분은 "글쓰기가 개선된 것처럼 보이는가?"라고 물어볼 수 있다. 짧은 시간에 글을 쓸 수 있다는 의미인가? 또는 덜 불안한가? 그렇지 않으면, 오타가 적은가? 프로젝트 마무리가 구체적인 결과임은 분명하다. 목표는 찾고자 하는 결과를 명확하게 한다. 그래서 여러분은 계속 쓰게 된다.

통상 6주 정도 지나 회의가 잘 진행되는지를 평가해보길 권한다. 그렇지 않다면, 회원들과 헤어져라. 잘 작동되고 있다면 더 오래 실행해보고 다시 평가하라.

우리 둘 다 전문가가 되는 것을 원했기 때문에 서로 돈을 벌 수 있도록 돕기로 했다. 우리는 시간표를 정하지는 않았지만, 6개월 이내에 모두 보수가 좋은 글쓰기 작업을 할 수 있었다. 우리는 기뻤고 놀랐다.

⑥ **디테일을 결정하라**

이제 목표 달성을 도와주는 몇 가지 사항을 정할 필요가 있다. 자세한 내용은 다음과 같다.

- 모임 이름: 모임 이름을 정할 것인가?
- 미팅 장소: 어디서 만날 것인가? 남들 눈에 띄지 않도록 하길

원하면, 남들이 눈치채지 못하도록 정기적으로 직장 회의실을 활용할 수 있다. 아니면 식당의 한쪽 구석에서 만나는 것도 고려해보라. 전화로 해도 좋다.

- 횟수와 시간: 얼마나 자주 만날 것인가? 미팅 시간을 얼마나 지속할 것인가?
- 진행 과정: 각 회의 때 프로세스는 어떻게 진행할 것인지, 비평을 어떻게 할 것인지, 매번 공유해야 할 뭔가를 의무적으로 가져와야 하는지, 모임을 교대로 이끌 것인지. 모든 회원이 동등한 자격을 가질 것인지, 등에 대한 방법을 결정하라.
- 방법 공유: 프린트한 복사본으로 작업하길 원한다면 누가 프린트할 것인가, 미팅에 앞서 글을 다른 회원들에게 보낼 것인가, 스스로 프린트하여 가지고 와서 공유할 것인가, 화면으로 공유하고 실시간으로 수정하기 위해 구글 문서 도구Google Doc와 같은 온라인 프로그램을 사용할 것인가, 등을 정하는 것이 좋다.

우리는 회원이 두 명이지만, 우리는 모임 이름을 지었다. 편집위원회(Editorial Board). 우리 중 누구도 정규 일자리가 없었기 때문에 수요일 아침을 택해서 최대 3시간 동안 만났다. 이 시간은 신성불가침의 시간이었다.

우리는 집보다는 공공장소에서 작업하기로 동의했다. 그래서 두려운 피아노 연주를 떠나 키 높은 책장으로 둘러싸인 지역 서점의 거대한 공간을 선택했다. 그 서점주인은 몇 개의 작가 모임에 모임

장소를 제공했다.

우리는 매주 자료를 가져오기로 했다. 처음에는 실제 작업이 없어서 홍보 편지를 가져왔다. 우리 둘은 아이디어를 떠올릴 때마다 추진력을 다시 만들고 싶지 않아서 6장에 나오는 질문 구조를 사용했다.

⑦ 초점을 맞춘 분야를 고려하라

여러분과 글쓰기 친구가 똑같은 초점을 가져야만 하는 것은 아니다. 회원 모두 어린이 책을 쓰는 성공적인 모임을 나는 안다. 반면에 짧은 글과 긴 글, 허구와 실화가 혼용된 다른 글쓰기 모임도 안다. 그러나 대부분의 자신감 없는 작가 모임은 몇 가지의 실화 형태의 작업을 한다. 한 명은 직원 핸드북을 다시 쓰고, 다른 한 명은 마케팅에 관해 쓴다. 글의 종류는 비슷한 관점을 가진 글쓰기 파트너 선택만큼 중요하지 않다. 결정하기 나름이다.

우리 편집위원회는 모두가 실화 작가가 되는 것은 아니었다. 솔직히, 우리는 그것에 대해 생각하지 않았다. 각자의 방식으로 그냥 작업하는 것이었다. 그렇지만 우리는 정원 가꾸기와 비즈니스에서부터 과학기술과 행동주의에 이르기까지 여러 분야의 전문성을 가지고 있다. 수년 동안 나는 다른 사람의 주제에서 상당히 많은 것을 배웠다.

⑧ 그룹을 키워라

두 사람이 모임에 적합한 크기일 수 있다. 몇 가지 요소를 참작하여 추가할 수도 있다. 그렇다면 공유 목표에 집중해보라. 이 책을 기본으로 사용한다면, 예비 회원들에게 먼저 이 책을 읽으라고 권유해보라. 모임의 목표를 설명하라. 간혹 합류에 대한 열정이 너무 강해 목표를 간과하는 수가 있다. 그러나 모임의 명확한 목표는 모임과 회원의 목표가 부딪치지 않으면 회원이 나쁜 감정 없이 탈퇴할 수 있도록 하는 것이다. 시험적인 체험 기간을 두고 모든 면에서 재평가하게 한다. 모임이 커지면 운영 프로세스를 변경해야 할 수도 있음을 기억하라.

우리 둘은 다음 학기 강의에 다시 갔다. 거기서 두 명의 회원을 더 발견했는데, 그중 한 명은 실제로 잡지에 글을 쓰고 있었다. 우리 네 명이 모임의 핵심을 이루었다. 그렇지만 몇몇은 목표가 편집위원회의 것과 다르다는 것이 명확해지자 탈퇴를 선택했다. 한 사람은 자신의 글을 통해 자아실현을 추구했다. 또 다른 한 사람은 자신의 상실감에 대한 글을 쓰면서 끔찍한 슬픔을 겪고 있었다. 그러한 목표에는 아무런 문제가 없지만, 두 경우 모두 편집위원회가 명시한 돈 버는 것과는 거리가 있었다. 그들은 원고료를 받는 출간이 가장 중요한 목적이 아니었다. 그 이후 새로운 회원이 들어왔다.

⑨ 명시하지 않은 모임 규칙을 점검하여라

모임을 시작할 때 계획을 세웠다고 해도 모임의 역동성에 대해서는 언급되지 않았다. 가령, 모임의 패턴 같은 것도 신경 쓸 필요가 있다. 회원의 전문성을 마지못해 인정하는 경향이 있는지, 다른 회원의 작업에 대해 말없이 판단을 내리는지, 심판받을까 두려워 제지하지는 않는지, 만나지 않고도 모임이 가능한지 등.

이러한 숨겨진 영역을 인식하는 것이 중요하다. 바위의 균열처럼 이런 것들은 모임이 분열될 수 있는 징조가 된다. 모든 조직에는 분열이 있다. 반면 모임의 장수 비결은 숨어있는 역동성을 알아차리고 모든 구성원을 존중하면서 최선을 다하는 것이다.

또 이런 것들은 프로세스를 방해하지 않는 한 다른 회원의 약점을 덮어주는데, 도움이 된다. 모임이 수년에 걸쳐 이어져서 서로를 잘 아는 회원들은 익숙한 습관을 용인하는 경향이 있다. 혹 짜증부리는 자신을 발견하면 일단 고치도록 노력하고, 하루 날을 잡아 가능한 일부 회원을 모은다. 격한 감정이 표출되기 전에 문제가 스르르 해결될 수 있다.

편집위원회가 모임을 하는 동안, 우리는 회원 한 명이 탈퇴하는 아픔을 겪었다. 되돌아보면, 회원 한 사람이 만남을 소홀히 했고, 또 의지마저 부족하다는 점을 대놓고 말하지는 않았던 것이 문제였다.

몇 년이 지나면서 모임의 규칙 일부가 바뀌었다. 우리는 점잖게 시작했고 결코 서로 지나치게 수다를 떨지 않았다. 그러나 지금 우리는 끝장토론을 하듯 각자의 생각을 쏟아낸다. 그것이 간혹 나쁜 결과는 초래할 수도 있지만, 다변은 모임의 표준이 되었다. 가끔 우리는 차례를 기다리지 않고 한 사람씩 그냥 비평으로 들어갈 때가 있다. 그러나 어느 시점에 우리 중 한 회원이 발표회원을 부른다. 그럼 우리 모두 한발 물러서서 더 예의 바르게 하려고 노력한다.

⑩ 안전한 공간을 만들어라

마지막으로, 안전은 성공적인 모임을 보장하는 비결이다. 구글은 최근 아리스토텔레스 프로젝트Aristotle Project●의 5년 연구 결과를 발표했다. 몇몇 모임은 왜 생산성이 좋은지, 또 왜 그렇지 않은지에 대한 질문의 답을 구했다. 성공적인 모임은 분명한 목표를 세우고 회원들 간의 의존도가 높은 문화를 육성한다는 사실이 밝혀졌다. 그러나 찰스 두히그Charles Duhigg가 〈뉴욕타임스 잡지〉 2016년 2월 25일 자에 쓴 바에 따르면, 가장 중요한 점은 모임에서 심리적으로 안전하다고 느끼는 것이다. 그는 "최상 팀의 회원들은 서로 경청하고 감정과 필요성에 민감하게 반응한다"라고 말했다.

어떤 것도 모른 채 편집위원회는 구글의 조사 결과를 반영하는 비평 절차를 도입하려고 애썼다. 각 사람에게 교대로 동등한 시간을 주려고 했다. 어느 정도 감정적인 부담이 없는 부정적 피드백과 마찬가지로 긍정적 피드백을 줄 수 있는 비평 시스템을 만들었다. 글쓰기에 대한 모든 사람의 의견이 똑같이 중요하다는 모임 규칙을 만들었다. 서로 다른 조언을 둘러싸고 논쟁하지 않으려고 했다. 회원들의 알려진 강점을 지지했다.

우리는 또한 전통을 창조해냈다. 한 회원이 중요한 공연에 점수를 매기는 것과 같은 민감한 작업을 할 때, 다른 회원들은 아침 식사에 초대하여 그의 작업에 관한 관심을 멀리하게 하는 것이다. 간

● 완벽한 팀을 구성하는 방법을 알기 위해 실시한 프로젝트.

혹 각자 작품을 가져와서 발표할 때 출간된 작품을 가져올 수 있도록 했다. 그리고 서명한 책은 항상 동료 회원들에게 선물했다.

[쓰기 연습] 아이디어와 목적을 공유하라 (10분)

잠재적인 글쓰기 파트너와 함께 이 연습을 한다. 시간을 잰 글쓰기에서 몇 분 안에 질문에 답해보라. 첫 답변이 충분히 디테일하지 않다면, 전체 연습을 흘려보내고 반복하라.

1단계 | 왜 모임 만들기를 원하는가? (60초)

2단계 | 모임으로부터 무엇을 원하는가? (60초)

3단계 | 모임에서 내 목표가 어떻게 실현될 것인가? (45초)

4단계 | 장래 모임의 목적을 말하라. (10초)

5단계 | 공유하고 비교하라

답을 쓴 후에 파트너와 함께 대답을 공유하고 비교해보라. 대답이 비슷한가? 그렇지 않으면 공통 목표를 제시할 수 있도록 조정 방법이 있는가?

6단계 | 함께 결론을 써라

▶▶▶

2. 편집위원회의 글쓰기 비평 과정

글쓰기 친구와 함께 작업을 공유하는 것에는 비평을 포함한다. 비평을 주고받는 것 모두를 포함한다. 비평은 힘들다. 받아들이기가 힘들고, 하기도 힘들다. 그래서 우리는 가장 좋은 비평 방법이 무엇인지 고민했다.

여러분과 파트너를 위한 스타일을 찾는 것에는 시행착오를 겪을 수도 있다. 각자가 내놓은 두 개의 설명 사이에 비판적인 층이 있다. 다른 사람의 글을 첨삭하고 되돌려주는 걸걸한 편집자의 입장이 있다. 누군가가 너무 친절해서 (또는 너무 무서워서) 조언을 할 수 없는 것처럼 아무것도 안 하는 것이 되레 좋은 접근일 수 있다. 그것은 파트너에게 도움이 되지 않고, 자신에게도 도움이 되지 않는다.

편집위원회는 기능적인 비평 절차를 사용한다. 자세한 내용은 다음을 보라. 자신감 없는 작가의 구체적인 목표가 우리의 목표와 같지 않을 수 있지만, 비평을 수행하는 방법은 같다.

우리는 모임 장소인 서점의 테이블 주위에 모인다. 각 회원은 다른 회원을 위해 충분한 양의 프린트를 가지고 온다. 긴 꼭지면 시간 절약을 위해 일부만 제출할 수도 있다. 모든 회원이 복사본에 메모하고, 해당 회원은 백업을 위해 메모를 걷는다. 복사본에 이름을 써놓곤 했지만, 이제 서로의 필체와 좋아하는 펜을 알고 있어서 그럴 필요가 없다.

① 모임의 목표가 최우선이다

모임의 목표는 비평을 규칙화하라. 우리의 경우, 글이 팔릴 수 있게 하여주는 것에 대한 피드백에 초점을 맞추었다.

② 작가는 목표에 관해 묻는다

글을 읽기에 앞서 글쓴이는 다른 회원에게서 구체적인 것에 대한 질문을 받을 수도 있다. 다른 글은 완성 단계가 다양하다. 어떤 회원은 전반적인 편집이 필요할 수도 있다. 다른 회원은 단어 수를 줄이기 위해 아이디어를 짜내야 할 수 있다. 아주 거친 초안이라면, 글쓴이는 주된 가닥을 찾기 위한 도움을 요청할 수 있다.

③ 글쓴이는 글을 소리 내어 읽는다

소리 내어 읽는 것은 리듬을 정하고, 문장 길이를 정렬하며, 아이디어가 교차하는지를 확인하는 데 도움이 된다. 나머지 회원들은 듣고 표기법을 표시한다. 화살표와 선으로 그려진 종이가 좋다.

④ 회원은 순서대로 비평한다

비평할 때 그 글을 좋아하지 않는다고 설명하지 말자. 대신 왜 주춤거리는지를 설명한다. 이런 방법도 괜찮다. "이 문장을 이해하기 위해 두 번 읽었다." 그런 다음 수정사항을 얘기해보라. 만약 해결책을 찾지 못한 파트너와 함께 일하는 경우, 솔루션에 대해 함께 브레인스토밍해보라. 수정 프로그램에 대해 생각할 수 없다면, 다른 회원들에게 그 문제를 개방해보라. 회원들은 폭넓게 다양한 의견을 내놓는다. 각 회원은 다른 회원과 상관없이 자유롭게 해결책을 제시한다. 물론 최선의 해결책은 없다. 그렇다. 혹 그들의 아이디어가 그럴듯하게 보일 수도 있지만, 결국 결정은 글쓴이가 한다.

⑤ 글쓴이는 비평을 반박하지 마라

글쓴이는 궁극적으로 변화를 추구해야 하므로 굳이 말을 할 필요가 없다. 한 가지 예외는 있다. 글쓴이가 비평자가 요점을 놓쳤다고 느낄 때는 비평자가 "나는 이것을 말하려고 노력했다…"라고 말하고 아이디어를 진술한다. 종종 그의 생각은 복사본 위에 명확하게 기록돼 있지 않다. 그런데 글쓴이가 말을 하게 되면 회원들은 작가의 말을 모방하여 설명을 단다. 소리 내어 말한다는 것은 작가에게 요점에 도달하는 좋은 방법을 발견하게 해준다. 모임은 받아쓰기를 통해 도움을 줄 수 있다.

⑥ 누구의 비평이 옳은지를 놓고 논쟁하지 마라

일반적으로 우리는 우리가 가지고 있는 해결책에 강력하게 반대한다 해도 다른 회원의 해결책에 대해 동의하지 않는다. 모든 회원이 문 앞에서 자존심을 버리는데, 실행만이 도움이 된다. 어떤 일을 어떻게 해야 하는지가 문제라면, 글쓴이가 사용하고 있는 특정 스타일을 쫓는 것이 더 낫다.

⑦ 작가가 결정한다

각각의 비평을 활용할지 폐기할지를 결정하는 것은 글쓴이에게 달려 있다. 단 주의사항이 하나 있다. 아무것도 활용하지 않기로 하지는 마라. 우리 모임에서 다른 회원이 주의를 기울이고 있다고 해보자. 그렇다면 그 방법이든 다른 방법으로 반드시 다루는 것이 좋다. 우리 모임의 구성원은 그 글이 다시 회원들에게 돌려질 때까지 문제가 어떻게 해결되는지 거의 알지 못한다. 모임은 자신감을 세워주도록 도움을 주지만, 글쓴이는 항상 책임감을 느껴야 한다.

나는 한 저널리즘 교수가 눈여겨보던 연습에서 두려움에 차서 눈썹을 추어올렸던 것을 기억한다. 그는 학생들이 종종 잘못을 저지르고 있음을 발견했기 때문이다. 그는 훈련받지 않은 또래가 모임을 매우 나쁜 토끼굴[●]로 이끌 수 있다고 느꼈다. 학생들을 가르치기 위해 고도로 숙련된 사람이 필요했다.

그러나 아마도 내 경험에 비추어 보면, 대부분의 사람은 좋은 글을 보면 좋은 글이라고 인식한다. 사람들은 그 글이 왜 좋은지 몰라도 좋다고는 말할 수 있다. 그래서 모임을 통해 여러 의견을 수집하여 다양한 방법들을 문제 해결에 활용할 때, 글쓰기는 향상된다.

모임 학습에서 다른 사람을 도와주라는 부탁을 받으면, 적극적으로 참여하길 바란다. 수동적인 자세로는 지혜의 진주를 얻지 못한다. 물론, 파트너에게 도움 달라는 제안을 받지만, 더 중요한 점은 파트너의 문제를 해결하려고 시도한다는 것이다. 여러분은 기본 규칙에 근거해 어떻게 해야 하는지를 알기 시작한다. 차례로 여러분 자신의 도전을 자극한다. 자료를 어떻게 업그레이드 하는지에 대한 패턴을 만든다. 자신의 장점을 발견한다.

여러분이 글쓰기에 도전한다면, 나는 모임 가입부터 하라고 제

● 루이스 캐럴의 소설《이상한 나라의 앨리스》에서 유래한 표현으로 혼란과 혼돈의 시기가 왔다는 뜻.

안했다. 그리고 첫 모임이 실패하더라도, 계속 시도해보라. 다른 파트너를 찾아보라. 글쓰기를 혼자서 할 필요는 없다.

《글쓰기 생각 쓰기》 윌리엄 진서 지음, 이한중 옮김, 돌베개출판사.

30년 동안 무려 100만 명 이상이 읽은 글쓰기 책의 고전이다. 논픽션 작가이자 글쓰기 강의를 해온 저자 윌리엄 진서가 자신의 경험과 노하우를 바탕으로 실용적인 글쓰기의 기본을 풀어놓았다.

《글쓰기 공중부양》 이외수 지음, 해냄출판사.

언어의 연금술사로 주목받는 베스트셀러 작가 이외수가 공개하는 글쓰기의 실전적 지침서이다. 쉽고 재미있게 배워 나갈 수 있도록 어휘·문장 연습과 함께 사례가 풍부하고, 작가 특유의 위트와 유머를 만날 수 있다.

《나를 바꾸는 글쓰기 공작소》 이만교 지음, 그린비.

『결혼은, 미친 짓이다』로 우리 사회에 도발적인 질문을 던졌던 작가 이만교가 나를 바꾸고 삶을 바꾸는 진짜 글쓰기에 대해 말한다. 〈연구공간 수유+너머〉에서 했던 강의록을 묶었다.

《논픽션 쓰기》 잭 하트 지음, 정세라 옮김, 유유.

「오레고니언」에서 25년간 편집장으로 일하며 퓰리처상 수상자를 다수 길러 낸 '글쓰기의 달인'인 잭 하트가 '허구가 아닌 사실에 기반을 둔, 예술 창작물보다는 삶의 미학화를 지향하는 글쓰기'를 정리하였다.

《대통령의 글쓰기》 강원국 지음, 메디치미디어.

김대중·노무현 대통령의 연설비서관으로 8년간 일하면서 온몸으로 대통령에게 직접 보고, 듣고, 배운 '말과 글'에 관한 글쓰기 방법론을 40가지로 정리했다. 소통하는 글쓰기의 전범을 보여준다.

《문장 강화》 이태준 지음, 창비.

문장가이자 작가인 상허 이태준의 생생한 문장론을 담은 고전. 50여 년이 지난 지금도 빛바래지 않는 이 책은 좋은 글쓰기의 모범을 보여주는 발랄하고 풍부한 인용 예문만으로도 신문학의 우수한 성과를 집대성해놓고 있다.

《뼛속까지 내려가서 써라》 나탈리 골드버그 지음, 권진욱 옮김, 한문화.

전 세계에 글쓰기 붐을 일으킨 장본인이자 시인이며 소설가인 저자는 글 쓰고 싶다는 마음을 품게 하고, 글을 쓰게 하며, 자기가 원하는 방식으로 글을 쓰도록 하는 방법을 총망라한다.

《**유혹하는 글쓰기**》 스티븐 킹 지음, 김진준 옮김, 김영사.

본격문학과 대중문학을 아우르는 퓨전 문학의 기수 스티븐 킹이 소설이라는 커다란 화석을 발굴한 자신의 성장 이야기와 함께 자신의 소설처럼 속도감 있고 솔직하며 명쾌한 글쓰기를 얘기한다.

《**유시민의 글쓰기 특강**》 유시민 지음, 생각의길.

요즘 예능까지 영역을 넓혀가는 지식소매상 유시민이 전업 작가로서 가진 자신의 글 쓰는 방법을 털어놓는다. 이 책은 시나 소설이 아니라 논리적 글쓰기를 잘하고자 하는 사람들에게 유용하다.